小学生快乐读书吧

中国神话故事

马振玲 / 编写

北方妇女儿童出版社

· 长春 ·

※版权所有　侵权必究

图书在版编目（CIP）数据

中国神话故事/马振玲编写. -- 长春：北方妇女儿童出版社，2020.6
　ISBN 978-7-5585-4315-9

Ⅰ．①中… Ⅱ．①马… Ⅲ．①神话—作品集—中国 Ⅳ．①I277.5

中国版本图书馆 CIP 数据核字（2020）第 087362 号

中国神话故事
ZHONGGUO SHENHUA GUSHI

出 版 人	刘　刚
责任编辑	左振鑫
开　　本	700mm×1000mm　1/16
印　　张	13
字　　数	230 千字
版　　次	2020 年 6 月第 1 版
印　　次	2020 年 6 月第 1 次印刷
印　　刷	阳信龙跃印务有限公司
出　　版	北方妇女儿童出版社
发　　行	北方妇女儿童出版社
地　　址	长春市福祉大路 5788 号
电　　话	总编办：0431-81629600

定　　价　29.90 元

名人推荐

纪连海 著名学者,中学高级教师,北京市骨干教师,曾被评为"首都十大教育人物"。现任教于北京师范大学第二附属中学。北京电视台文艺频道著名栏目《星夜故事》特邀主持人。曾先后在中央电视台《百家讲坛》栏目主讲《正说和》等56讲,在上海电视台《文化中国》栏目主讲《〈孝庄秘史〉大揭秘》等105讲,每一次开讲都引起极大关注。先后出版过多部历史著作。

推荐寄语:

好书必然是能启迪人性和给人以精神滋养的。因此,我特别关注每一本名著中所传递的宝贵人生经验和成长智慧。希望本书能成为同学们喜爱阅读、乐于接受、可资引用的课外读物,能够给同学们带去知识和智慧,成为同学们的良师益友。

目录
MU LU

盘古开天辟地/1
女娲造人/5
钻木取火/9
伏羲结网捕鱼/12
农业之神/16
神农尝百草/20
精卫填海/24
黄帝战蚩尤/27
嫘祖养蚕缫丝/31
伶伦始作音乐/35
仓颉造字/39
百鸟国之王/42
共工怒触不周山/45
炼石补天/49
帝喾的子孙/52
日月之母/55
羲和驭日/58
后羿射日/61
嫦娥奔月/66
逢蒙杀羿/71
玄鸟生商/75
后稷教稼/78
贤明的君主尧/81
皋陶与神羊/85
尧制棋教子/88
丹朱化鸟/92

舜的诞生/96
象谋害舜/99
骰首作画/105
鲧窃息壤/108
大禹治水/112
禹凿龙门/117
禹与涂山氏/120
化石生启/123
哪吒闹海/126
八仙过海/134
钟馗捉鬼/138
天帝居黄山/141
虎跑成泉/145
镜泊湖畔红罗女/150
沉香救母/154
五丁拔蛇/161
十二生肖/166
柳毅传书/171
黄鹤楼的传说/175
毛女仙姑与秦宫役夫/179
灵隐寺下飞来峰/183
一幅壮锦 187
巫山神女 192
泰山石敢当 196
必考点自测 200

盘古开天辟地

名师导读

中国是世界四大文明古国之一,有着悠久的历史。许多人在谈起中国历史时,都喜欢从盘古开天辟地说起。这段神话之所以千百年来一直广为流传,就在于它象征着人类征服自然的伟大气魄和丰富的创造力。

很久很久以前,天与地是合在一起的,漆黑一片,既不分东西南北,也不辨前后左右。宇宙混沌难分,就像一个巨大的鸡蛋。

不过这混沌之间,并非没有生命存在。开天大神——盘古,就是在这里诞生的。盘古在漆黑的"鸡蛋"里一直沉睡着,整整睡了一万八千年。有一天,他突然醒了过来,睁开眼睛四处张望,可眼前一片漆黑,什么也看不见。他觉得万分压抑,一刻也忍受不下去了。

盘古在身边左摸右摸,突然摸到了一把斧子。他想也没想,双手抡起那把利斧,用尽全身的力气,朝着黑暗之间就劈了过去。只听一声巨响,"鸡蛋"从中间裂开,分成了两

咬文嚼字

混沌:①我国传说中指宇宙形成以前模糊一团的景象。②糊里糊涂、无知无识的样子。

中国神话故事

名师指津
古人认为天是圆的,日月星辰在天上周而复始地运动;而地是方的,静静地承载着地上的一切。

半,世间所有的光芒从裂缝中不断渗入,<u>紧接着轻盈而清澈的一半缓缓上升,变成了天空;厚重而污浊的一半渐渐落下,形成了大地。</u>

　　天和地出现了,世界出现了。此时的盘古仰头看着天,脚下踏着地,心里既舒服又高兴。但他不免又担心,天和地要是再合上,又变成以前那样怎么办?于是他立于天地中间,伸出自己巨大的双手撑起天,用双脚使劲踩着地,就像一根柱子一样将天和地分开。

　　因为盘古的支撑,每天天空会向上升高一丈,大地也会加厚一丈。盘古的身体也跟随着天地慢慢长高。盘古牢牢地支撑着天地,一刻也没有放下天离开地,就这样整整过了一万八千年。

　　天和地在盘古的支撑下,分得越来越远。世界慢慢稳固下来,而盘古也变成了顶天立地的巨人。盘古看着自己亲手劈开的天地,以及这安静祥和的世界,他很欣慰。可他太累了,开天辟地和支撑天地已经用尽了他全部的力气。他再也支撑不住,倒了下去。

　　盘古虽然倒下了,但他为这个崭新的世界的付出和奉献还远远没有结束。

　　传说盘古倒下时,还身怀创世时的巨大神力。他预感到自己即将死去,可天空还空无一物,大地仍贫瘠一片,世间没有任何声音,太空旷、太寂寞了。于是他在死前将自己所有的神力都释放了出去。随着神力的释放,他巨大魁梧的身体也慢慢发生了变化。

　　盘古像碗一样大的眼睛飞上了天空,左眼化日,右眼变

咬文嚼字
贫瘠:(土地)薄;不肥沃。

月。眼睛睁开时就是白天，合上时就成了夜晚。他呼出的最后一口气变成风云四季。他的四肢和头变成了东南西北四极，以及泰山、华山、衡山、恒山、嵩山这五座名山。

不仅如此，盘古身体里的血液幻化成世间的江河湖海，日夜奔流不息；全身筋脉铺展成条条道路；他的肌肤变成了肥沃的土地；无数汗毛变成最美的花草树木，点缀着世界；头发和胡须升到天上，变为无数的繁星，照耀着黑夜；而他的骨骼、牙齿等成为地上最坚硬的石头和金属；甚至连他流下的汗液，也变为滋润万物的雨露，等待着浸润万物生灵。

世间万物都欣欣向荣，一派生机。而盘古却在万物的朝气蓬勃中彻底消失不见了。不过，他的生命从没有真正消失，因为他早已融入世间万物中。从此以后，世界有白天黑夜的交替；天空有日月星辰的陪伴；大地上群山矗立，花草茂盛；山涧里有河流奔腾不息；世间更有风云变化，四季更迭；甘甜的雨露冲刷着一切事物，孕育着无数生命。这个世界已经什么都有了，它静静等待人类的诞生。

盘古用自己的生命和躯体，为人们创造了一个美丽富饶、适宜繁衍生息的美好世界。他无私奉献的精神，也将和这个世界一起融入人类的血脉当中。

名师指津

盘古至死仍在为世界做贡献，体现了他不惜牺牲生命也要造福世界的无私精神。

**名师点拨**

盘古具有神奇的力量,他为人类开天辟地,带来光明,又用自己的身体丰富了新生的世界。他那无私奉献的伟大精神,成为中华民族的精神支柱,永远激励着人们努力开拓、奋发前进。

**阅读思考**

1. 在盘古开天辟地之前,世界是什么样子的?
2. 盘古为我们开辟了一个什么样的世界?

拓展延伸

五 岳

五岳是中国的五座文化名山,分别为东岳泰山、西岳华山、南岳衡山、北岳恒山和中岳嵩山。其中泰山位于山东省泰安市,华山位于陕西省渭南市,衡山位于湖南省衡阳市,恒山位于山西省大同市,嵩山位于河南省郑州市。五岳在中国传统文化中有着十分重要的地位,自古以来就有"五岳归来不看山"的说法。

女娲造人

  在中国神话中,女娲仿照自己的模样抟土造人,创造了人类社会并建立了婚姻制度,因此她被称为"大地之母"。

  传说盘古开天辟地后,九州大地上有了花鸟鱼虫,山川树木;天空有了风霜雨雪,日月星辰。尘世间一派安静祥和,但唯独没有人类。

  当时,世间诞生了一位伟大的女神,名叫女娲。女娲是上古时期的创世之神。据传,她长着人身蛇尾,神通广大。她的样貌一天能变化七十多次。

  起初,女娲独自生活在这个美丽的世界。白天她在朝阳下看着鸟语花香,夜晚她在河流旁仰望群星,与百兽为伴。世间万物都充满灵气,女娲身处其中非常快乐。可时间一久,她越来越感觉孤独。她觉得这个美好的世界,未免有些太过宁静和寂寞了,应该再增加点儿什么,这样才更有生气。为此,她一直苦恼不已。

  一次,女娲来到河边休息,无意间低头往水里看时,发现水中映出了自己美丽而神圣的面容。并且她做什么表情，倒影里的她也做什么表情。她突然间想到，这个世界所缺乏的不就是像自己一样的生物吗？女娲兴奋不已，心想：为什么不干脆自己动手创造生命呢？

于是，女娲立即从岸边挖出一把黄泥，就着水左捏右捏，捏出了小娃娃的模样。女娲刚将捏好的小泥娃放在地上，泥娃就活了过来，朝着女娲高兴地喊着："妈妈，妈妈。"他一边喊，一边开心地手舞足蹈，似乎在庆祝自己的诞生。

女娲一看自己的"孩子"如此生动可爱，开心得不得了。她又紧接着连续做了好几个小泥娃，他们都活了过来，围着女娲活蹦乱跳。因为这些小泥娃的出现，女娲再也不觉得寂寞了。

咬文嚼字

手舞足蹈：两手舞动，两只脚也跳了起来。形容高兴到了极点。也指手乱舞、脚乱跳的狂态。

读书笔记

女娲为小泥娃取名为"人"。为了多创造些人,她开始不分昼夜,不停地捏着泥人,一心只想让这些生命布满这个世界。但世界太宽广了,即便女娲不断地工作,也无法达到她心中所想,而她自己却早已疲惫不堪。

后来她想出了一个办法,既能节省体力,还能尽快创造人类。她找到一根枯藤,在泥潭里一搅,接着在岸上一甩。神奇的事发生了,甩落的泥点儿全都变成了人,他们边叫着"妈妈"边向女娲跑来。女娲一见这个方法很有用,于是用这个方法创造了更多的人。就这样,第一批人类在女娲神奇的力量下,很快就布满了整个九州大地。

看着自己的"孩子",女娲是开心的,但同时也有新的担忧出现。世间万事万物都有自己生存的规律,最终都会走向死亡。那么,如果这些人有一天死了怎么办?自己不可能不断去创造,他们必须自己进行繁衍。<u>于是,女娲将人类分成了男人和女人,并将繁衍之法教给了他们。</u>

从此以后,人类世世代代都在这片大地上繁衍生息,最终将人类的足迹留在了世界的每一个角落。

名师指津

每个人都会有死去的一天,但因为世上始终有新生命诞生,人类才能生生不息,一代代繁衍下去。

中 国 神 话 故 事

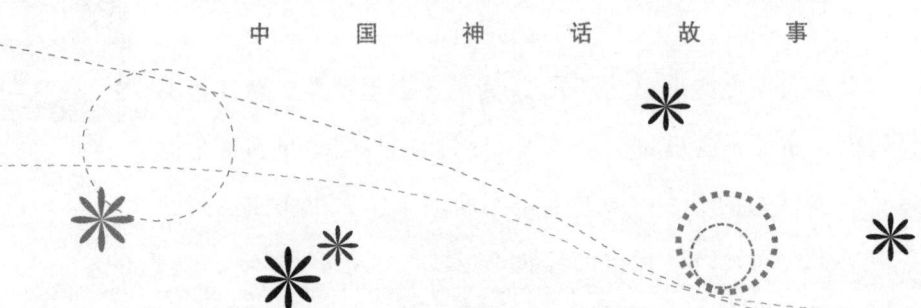

拓展阅读

女娲是人类始祖,是中华民族的母神。她抟土造人的过程,表现了原始先民对人类自身来源的好奇和探索。同时,女娲也是爱与仁慈的象征,千百年来一直为人们所敬爱。

阅读思考

1. 给下面的字换偏旁,并组词。

娲　锅(铁锅)　＿(　　)　＿(　　)

抟　＿(　　)　＿(　　)　＿(　　)

蹈　＿(　　)　＿(　　)　＿(　　)

2. 你能试着照文中的描写画出女娲的样子吗?

_____

3. 阅读故事,思考并回答下面的问题。

(1)女娲用了什么样的方式来造人?

_____

(2)为了让人类能够繁衍生息,女娲想出了什么办法?

_____

# 钻木取火

  人工取火是个了不起的发明，从那以后，人们就可以随时随地吃到熟的食物，而且食物的品种也增加了。在中国神话中，最早使用火的是燧人氏，他取火的方式是钻木取火。

  远古的时候，人类不懂得使用火，食物只能生吃，冬天也没有可供取暖的火种。因此，那时的人生活非常艰苦，吃的、用的跟野兽差不多。人们经常因为吃得不干净而生病；因为无法取暖照明，受到寒冷和野兽的侵害，所以寿命非常短。

  后来，人们在一次捕捉野兽的过程中，很偶然地发现扔出去的石头击打到山石，会有火花产生，所以人们就用这种方式引火取暖。但以石头击打石头的方式只能偶尔才会生出火花，还是多有不便。有一天，狂风呼啸，雷电交加，人们突然发现，干燥的林木遇上雷电，竟然燃起了大火。大火驱走了严寒，被火烘烤过的食物鲜香脆嫩。人们认识到了火的重要，便把天然火种保留下来，以便使用。但自然界的风雨却不关照人类，经常扑灭燃烧的火种。

咬文嚼字

呼啸：发出高而长的声音。

读书笔记

咬文嚼字
更迭:轮流更替。

就在此时，出现了一位圣人。他非常聪明能干，很受人们尊敬。这位圣人在周游世界的时候，来到了一个叫遂明的小国。这个国家很奇特，没有四季更迭，没有白天黑夜的区别，只有一片黑暗。生活在这里的人能够长生不死，一旦厌倦尘世就能升天成神。这座小国最神奇的是国中有一棵火树，名叫燧木。这棵火树没有树皮，也没有树叶，只有树干，看起来光秃秃的。但只要鸟儿在树上用嘴啄一啄，就会从中闪出火光，燃起火苗。遂明国里的人都到此来寻取火种，取暖做饭，燃灯照明，生活得很惬意。而这颗树每年折掉的树枝来年都会重新长出来，周而复始，永远也不用担心被折光。

圣人看到这些，受到很大的启发。于是他折下一根树枝，用木头在上面来回一钻，果然上面着起了火苗。回国以后，他便试着用树枝钻木，钻了很长时间，也试了很多次，最后果然钻出了火，虽然没有燧木燃火那么快速，但也足够让人们做饭和取暖。于是，他把这一方法传授给人们，人们便都学会了钻木取火。

钻木取火使人类可以自己制造火种。于是人们冬天便可以生起火堆，取暖照明，不再受寒冷的侵袭，平时也都用火烧饭，不用再吃生冷食物了。<u>人们通过钻木取火，开始慢慢摆脱茹毛饮血的原始生活方式，生活进入了一个新阶段。</u>

为了纪念这位为人类造福的圣人，人们称他为"燧人氏"。燧人氏也因给人类带来了温暖与光明而受到人们的尊敬和仰慕。

名师指津
据考古学家发现，生活在旧石器时代的中国猿人是世界上最早使用火的人。

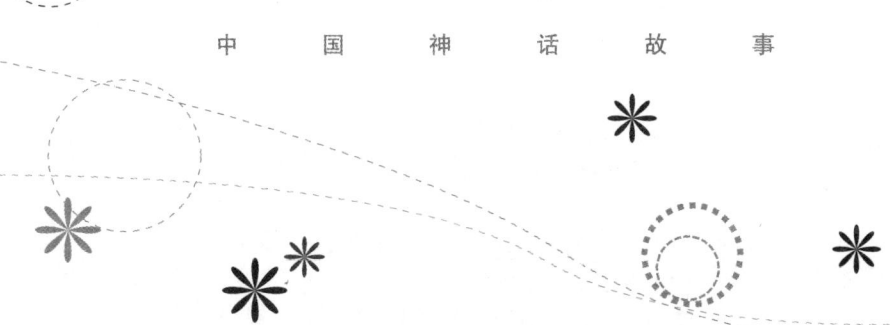

中国神话故事

拓展阅读

名师点拨

钻木取火,指用一根硬木棒对着木头摩擦或钻进去,靠摩擦取火。人们通过钻木取火,逐渐摆脱了茹毛饮血的野蛮生活方式,开始走向文明的新纪元。

阅读思考

1. 汉字中有很多火字旁的字,你能写出一些并组词吗?

烧(燃烧)　　__(　　)　　__(　　)　　__(　　)
__(　　)　　__(　　)　　__(　　)　　__(　　)

2. 试着写一写带"火"字的成语。

火			
	火		
		火	
			火

3. 火对人们的生活究竟有着怎样的影响呢?试着说说看吧。

伏羲结网捕鱼

说起华夏文明的始祖，就不得不提伏羲。有关伏羲的神话出现在各种古籍中，他不仅作为创世神的形象出现，更是中华民族当仁不让的文化始祖。在众多关于伏羲的神话中，伏羲结网捕鱼是比较有代表性的一个。

女娲造人补天后，人类在这片安宁的土地上不断繁衍生息，逐渐布满了四海九州。人是多起来了，但慢慢出现了一个难以解决的问题，就是食物的缺乏。那时人们整日以采野果、打猎为生，过着朝不保夕的生活，所以只能听天由命，饿死的现象也就经常发生。

当时，还有一位神与女娲一同诞生，他就是伏羲。相传，伏羲与女娲是兄妹，他诞生时是人首蛇身的模样。伏羲见人类一批又一批地饿死，心怀不忍，因此日日冥思苦想，希望能找到解决办法。

这一日，伏羲不知不觉间走到了河边，耳边忽然响起了"扑通"的声音，他抬眼一看，一条肥大的鲤鱼从河里跳了起

咬文嚼字

朝不保夕：保得住早上，不一定保得住晚上，形容情况危急。

来，然后好几条鲤鱼接二连三地跳了出来。伏羲灵光一闪，跳下河抓了一条就回了家。他把鱼放在火上烤熟之后，将肉分给大家，众人吃后都觉得肉香味美。伏羲大喜，让人们以后下河捕鱼来解决食物的问题。

可人类这一举动，却引来了河中龙王的不满。他愤怒地前去训斥伏羲，说："你们真是好大的胆子，竟敢把我的子孙捉去当食物。现在立刻住手，不然本王一定让你们知道厉害。"伏羲淡然一笑，说："好啊，你不让我们抓鱼果腹，那我们就来喝这河水，一口一口将它喝干。到时候不知道龙王与你的子孙还能存活吗？"

咬文嚼字

果腹：吃饱肚子。

龙王气得话都说不出来了，但心里又害怕河水真被喝干。这时，龙王身边的龟丞相，小声在他耳边献了一个计策。龙王听后，脸色一转，笑着对伏羲说："好吧，本王也不是心胸狭窄的人。我们各退一步，你们别将水喝干，我便准许你们捕鱼。只是我有一个条件，不能用手捕。"

众人一听，就明白这是龙王故意在刁难。但伏羲欣然答应，说："好，一言为定。"龙王听后，以为伏羲上了他的当，便高兴地带着龟丞相回到了河中。

至此，伏羲日夜苦想捕鱼之法，却依旧没有主意。一日，他正躺在树下想办法时，忽然看见树枝间有只蜘蛛正在一圈一圈地织网。网织好后，蜘蛛就躲在一旁，没多久，蚊子、苍蝇便被死死地网住了。接着，蜘蛛就美美地饱餐一顿。

伏羲忽然想到，自己何不也织个网。于是他赶忙到山上找些葛藤编织成网状，接着又砍了两根树枝组成十字形状，将它们绑在网上，再用一根长木棍绑在十字中间，一张结实

名师指津

伏羲学着蜘蛛织网，发现了结网捕鱼的方法。生活中还有很多发明，都是人们向动物学习研究出来的。

读书笔记

的网就做好了。随后他手持长木棍，将网放在河里，不一会儿将网一拉，里面装满了鲜活的鱼。伏羲觉得结网捕鱼的方法，不仅又快又省力，人们也不用下水，更安全，于是便将这个方法教给众人。这下人们不用下水也能捕到鲜美的鱼，再不用担心吃不饱了。

龙王见伏羲凭借智慧，真的不用手就捕到了鱼，气得伸脖子瞪眼，但又担心河水被喝干，所以什么也不敢做，只能天天在龙宫里干着急。

伏羲所创的结网打鱼，不仅帮助当时的人类在一定程度上解决了温饱问题，也为后人创造了更多的生存机会。<u>而伏羲的智慧也随之延续千年，在历史的长河中璀璨夺目，直至今日。</u>

名师指津

伏羲不仅教会了人们结网捕鱼，还发明了许多对人类有用的东西。相传中华民族的文化图腾——龙，就是伏羲创造出来的。

中国神话故事

拓展阅读

名师点拨

伏羲发明了渔网，并教导人们捕鱼打猎，提高了人们的生产力。他还根据天地万物的变化，创造了八卦。作为传说中的三皇之首，他的众多发明对中华民族的文明进步和发展起到了重要作用。

阅读思考

1. 写出下列多音字的读音并组词。

血{__（ ）/ __（ ）}　　朝{__（ ）/ __（ ）}　　难{__（ ）/ __（ ）}

应{__（ ）/ __（ ）}　　模{__（ ）/ __（ ）}　　干{__（ ）/ __（ ）}

2. 你还知道哪些关于伏羲的故事？试着讲给同学们听听吧。

_____

_____

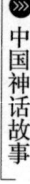

农业之神

 名师导读

神农是传说中远古时代的部落首领，相传他曾尝百谷、制造农具、教民农耕，帮助人们完成了从渔猎到农耕、从游牧到定居这一伟大转折，为中华文明的顺利发展奠定了基础。

神农是农业和医学的始祖，传说他是姜族部落人，因为懂得用火而成为首领，因此他也被人称作炎帝。炎帝出现的时候，女娲的时代已经过去很久了，世间的人类早已繁衍众多，遍布大地。然而，这么多人共同生存，自然界里能吃的食物却渐渐出现供不应求的局面。

食物越来越少，为了生存，人们不得不以蛇虫鼠蚁、树皮野草等东西来充饥，因此常有人因乱吃这些东西而病倒。到最后，甚至连这些东西也在急速减少，食物已经难以维持所有人的生命，大地上的人类开始陷入绝境。神农便是在此时降生的。

相传，炎帝诞生于烈山的一个石洞中。他出生时样貌就十分怪异——腹部是透明的，五脏六腑清晰可见。最奇特的

咬文嚼字
供不应求：供应的东西不能满足需求。

农业之神

是，神农刚一出生，石洞周围便自然而然地生出了九口井。九口井的井水彼此相连，你只要取其中一口井中的水，其余八口井中的水就都会剧烈波动，后人便为它们取名九眼井。九眼井井水甘甜，喝下便能消除疲劳。人们见炎帝不仅天生异相，还将神奇的井水带到凡间，就觉得他是天神降临，便决定等他长大推举他为部落首领。

名师指津
在我国的神话传说中，许多人物出生时都伴随着不同的异象。

炎帝成长的速度很快，没多久就长成了一个精壮的成年人。这时世间饥饿的困境还没有解决，并且越发严重。身为首领的炎帝怜悯自己的子民，不忍看他们被饥饿折磨，于是就向上天祈求，希望能得到食物。

炎帝的话音刚落，就有一只全身通红的小鸟嘴中衔着一串东西，从天空向他飞来。小鸟的身影逐渐接近他时，就将东西吐到了地上。炎帝捡起一看，原来是种子。小鸟围着他飞了几圈，便在天空中消失不见了。炎帝觉得这一定是上天送给人间的粮食种子。于是急忙将种子埋到土里，然后又召集众人，教他们用木头制作农具耒耜，用来开垦土地；又教导众人如何松土挖地，掘井灌溉；同时还帮助人们辨识粮食，让人们懂得在不同土壤里种植不同的农作物。很快，人们便掌握了粮食的种植技术，可以自己进行耕作了。这年秋天，人们收获了有史以来最多的粮食。人们再也不用吃树皮、树根，再也不用忍饥挨饿了。

咬文嚼字
耒耜（lěi sì）：古代一种像犁的农具，也用作农具的统称。
灌溉：把水输送到田地里。

炎帝为了能让人们依据自然规律种植庄稼，将三十天定为一个月，每到十一月就是冬至。人们以此作为根据，就能推算出农作物栽培的合适日子。除此之外，炎帝还首创弓箭，用来保护自己以及猎取动物；他又发明了陶器，从此人们就

读书笔记

名师指津

最早的时候，人们总是在中午时分去集市交换自己需要的物品。

可以用陶器蒸煮食物，更加干净卫生；<u>炎帝还是第一个开辟市场的人，粮食、陶器等东西多起来后，他就规定日中为市，让人们可以以物易物，换取自己所需的东西，这就是市场的雏形。</u>

炎帝为人类带来了五谷，让人们摆脱了捕猎或吃野草、野果的生活。人们为了感念炎帝的恩德，便将其尊为"神农"，视他为农业之神。

中国神话故事

拓展阅读

 名师点拨

神农的杰出贡献使农业迅速成为人类赖以生存的基础,不仅解决了困扰人们已久的吃饭问题,而且为发展畜牧业丰富了饲料资源,开创了农耕文明的新时代。

 阅读思考

1. 照样子写出包含反义词的成语。

供不应求 _____ _____ _____ _____

扬长避短 _____ _____ _____ _____

2. 汉语中有些词语的声母是一样的,称为"双声词",比如文中的"灌溉"。你还能找出一些这样的例子吗?

吩咐 _____ _____ _____ _____

3. 查一查关于谷物的知识,并写在下面。

_____
_____
_____

神农尝百草

神农不仅是传说中的农业之神,还是人类文明的医药始祖。神农尝百草让人们了解了各种治病的药草,同时也开启了我国医药事业的大门。从此以后,中国的传统医学就逐渐发展壮大起来。

上古时期,大自然中百草混杂生长。有时候五谷与杂草混在一起,草药与毒物长在一块儿。至于哪些吃后能饱腹,哪些能治愈病痛,哪些能令人失去性命,无人能分清。当时的人出现生病、中毒等现象,也无药可医。因此,人们饱受病痛折磨,常常不明原因地丧命。

神农见人们常常因疾病而痛不欲生,却没有任何治疗方法,心疼不已。有一天,他偶然想到天帝有一座美丽神奇的花园,那座花园里常年盛开着许多奇异的花草。这些花草当中,或许会有能治病救人的药草。神农想到这儿,就决定登天取药。

当时,人们若是想从人间爬上九天,只有两条路能走。一条是从昆仑山登天。但昆仑山巍峨险峻,危险丛生,人们

咬文嚼字
巍峨:形容山或建筑物高大雄伟。

连山脚都爬不上去，更别说登天了。另一条就是生长在都广之野的通天大树——"天梯"建木。那时候，多数人选择从建木上天。神农经过考虑，也选择了建木这条路。

神农爬上九天，找到天帝的花园后，从里面摘了许多瑶草。他正激动地往外走，却撞见了天帝。天帝看到神农怀中的瑶草，并没有生气，反而说："瑶草虽然有很好的治病效果，但你仅凭怀里这些，又能医治好多少人呢？"说完天帝便递给神农一根鞭子，说："这是一根神鞭，能识别世间种种草药，还能辨别出有毒或无毒。"神农拿到这根神鞭后，欣喜万分。他从都广之野开始，一路鞭打着路上的花草，以此辨别着沿路的草药。他走到哪里就鞭到哪里，没有一刻停下，一心只想多辨识些药草。不过，神鞭虽然强大又安全，但在识别草药实际作用时还是不太准确，这让神农有些不太满意。

有一次，神农觉得些口渴，于是摘下路边的几片叶子放进嘴里，没想到真能解渴。他立刻又咀嚼了几片，然后通过自己透明的身体看到，叶子就像来回巡查一样，把他的肠胃清洗得干干净净。凭借以往的经验，他立刻断定这些叶子不仅能解渴，还有解毒的功效。这一发现让他非常高兴，他给这种叶子取名"查"，也就是今天的"茶"。神农觉得"查"既然可以解毒，那自己就可以从鞭药改为尝药，这样对药性能更为准确地记录和理解。就这样，他一路尝着药回到了烈山，一旦中毒就吃"查"解毒。

神农为了给世人寻找草药，攀爬过许多险峻陡峭的山峰，渡过许多湍急汹涌的河流。他不惧风霜雨雪，尝遍了各地的花花草草，认真记录了许多药草的功用、药性。据传，光经

咬文嚼字

湍（tuān）急：水势急。

读书笔记

他的嘴尝试过的植物就多达三十九万种。即便如此，神农依旧没停下脚步，他立志要尝遍百草，医治万民。

然而，天有不测风云，强大如神农也有面对死亡的那天。一次，神农在寻找草药的路上，偶然发现一株藤状的植物。这株植物攀附在一棵树上，开着一朵朵漂亮的小黄花。它的叶子还能一张一缩的，特别奇怪。纵使神农见过无数奇花异草，也被这株植物所吸引。他摘下一片叶子，放到嘴里尝试，想看看它有什么作用。没想到这株植物毒性极强，被称作"断肠草"。遍尝世间草药的神农也被它毒死了。

神农虽然离开了世间，但他为人类留下了宝贵的草药记录。他记录了每种草药的形状、药性，和它所针对的症状。从此以后，人们终于可以有药可医，能够对症下药了。神农正式开启了我国医药事业的大门，他的精神也随之永传华夏。

名师指津

断肠草又叫钩吻，是一种藤本植物，全株都有剧毒，其中叶子和根的毒性最强。

中国神话故事

拓展阅读

神农为了寻找治病救人的药草,不惜冒着生命危险品尝草药,他对生命的悲悯和博爱精神让后人景仰,他的功绩也被人们代代传颂。

 阅读思考

1. 神农是怎样发现茶的?
2. 你认识哪些中草药呢?查查关于它们的知识,并试着讲一讲吧。

拓展延伸

神农坛

为了纪念神农,人们把他去过的太行山小北顶改名为"神农坛",并在上面修建神农庙和神农塑像。现在,神农坛已成为著名的风景名胜区,它位于河南省沁阳市西北太行山山麓,由紫金顶、云阳河、仙神河、黑龙潭、白松岭、临川寺、悬谷山、尧舜路八大景区组成。

精卫填海

名师导读

精卫本是炎帝的女儿，却不幸葬身于大海之中。于是，她化身小鸟日复一日地与大海搏斗，其填海的行为反映了古老的先民战胜天地自然的信念和勇气。

很久以前，有一种神奇的鸟生活在长满柘树的发鸠山上，这种鸟名叫"精卫"。它的模样长得像乌鸦，但脑袋上有花纹，有一张白色的嘴，一双红色的脚爪。当它鸣叫时发出的声音正是它的名字——"精卫"。精卫鸟为什么一直在叫自己的名字呢？这就和一个美丽而悲壮的传说有关了。

传说，精卫原名叫女娃，本是炎帝的小女儿。女娃可爱伶俐，聪慧活泼，很受炎帝疼爱。但她却一点儿都不娇气，常常和同村的孩子们一块儿上山下河，到处去玩儿。

有一天，女娃和一群小伙伴开开心心地来到东海，大家玩儿水嬉闹，笑声连连。然而就在这时，刚刚还平静的东海突然变得波涛汹涌，翻起滔天大浪。海水不断搅动着，一下就将女娃淹没了，她甚至还来不及求救和挣扎，就已经消失在大海里了。

名师指津

女娃的死是一场意外，也反映出古人对生命脆弱和自然强大的无奈。

女娃就这样被大海无情地夺去了生命。她既悲痛又不甘心就这样离去，于是，虽然她身体已死，魂魄却不灭，并最终幻化成了一只小鸟。小鸟飞过大海，飞进山林，飞遍大地，嘴里不停叫喊着"精卫、精卫"，呼喊的声音似乎充满悲伤和不甘。传说，这只鸟偶然间被悲痛的炎帝发现。当他得知这只鸟是自己的女儿女娃所变，一时间心如刀割，<u>悲恸欲绝</u>，不忍心它做一只无名鸟，所以赐名"精卫"。

女娃痛恨东海平白无故夺去自己幼小的生命，让她再也不能和小伙伴们一起嬉戏，永远也无法回家。同时，她也担忧东海还会伤害别的生命，就像伤害自己一样。所以她决定要填平东海，既为自己讨回公道，也为世人换取平安。

可是，精卫的决心却遭到了东海的嘲笑。东海认为自己如此宽广，仅靠精卫一只小鸟就想填平，恐怕几百万年也不可能。精卫却丝毫不胆怯，反而愈加坚定地说："即便要填到千年、万年，我也一定要将你填平。"东海被精卫如此顽强的意志震惊了，问它为什么这么痛恨自己。精卫回答："我与你无冤无仇，你却毫无缘故就夺取我的生命。将来，你一定会夺取更多无辜人的生命。我要将你填平，让你再不能伤害别人。"

从那以后，精卫每天从发鸠山上叼石子和树枝，再将它们扔进东海中。不论是刮风下雨，还是酷热冬雪都挡不住精卫填海的决心。它就在山海之间，来回飞翔，叼石填海，从不停息。精卫就这样填了一日又一日，一年又一年。精卫顽强的意志和它的传说也传了一代又一代，一世又一世，并且还会永远流传下去。

读书笔记

咬文嚼字

悲恸(tòng)欲绝：形容悲哀伤心到了极点。

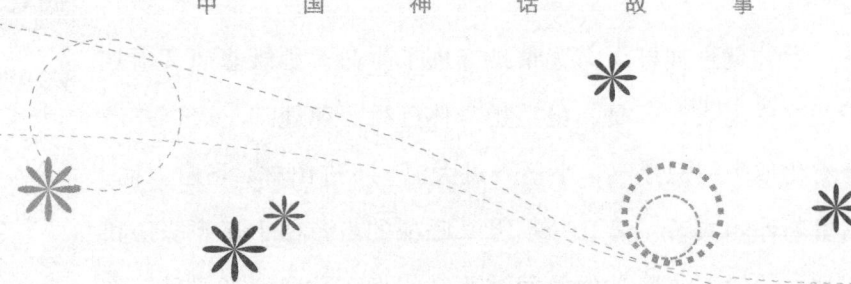

拓展阅读

  女娲虽然死了，却化为小鸟，终身进行填海，她的勇敢和顽强反映了古代人民渴望征服大自然的强烈愿望和不畏艰苦、百折不挠的毅力。

阅读思考

1. 照示例填成语。

无冤无仇 无（ ）无（ ） 无（ ）无（ ） 无（ ）无（ ）

一言一行 一（ ）一（ ） 一（ ）一（ ） 一（ ）一（ ）

不慌不忙 不（ ）不（ ） 不（ ）不（ ） 不（ ）不（ ）

如（ ）如（ ） 自（ ）自（ ） 人（ ）人（ ）

亦（ ）亦（ ） 百（ ）百（ ） 大（ ）大（ ）

2. 精卫为什么明知道无法填平大海，却仍然要这么做呢？

3. 按照文中的描述，试着画一画精卫鸟的样子。

黄帝战蚩尤

  黄帝战蚩尤是中国神话中一场惊世大战。经此一战后,黄帝之名威震中原,各部落感念他的恩德,也被其实力震慑,于是纷纷推举他为首领,天下一统的局面就此开始。

  上古时期,九州各部落之间经过相互攻伐、融合后,最终只有黄帝、炎帝、蚩尤三人领导的部落存留下来,并逐渐强大。本来蚩尤是炎帝的属下,后来因他骁勇善战,实力增强,最后自立为王,转而向炎帝的神农部落发起了强烈攻势。

  传说蚩尤生得威武高大,有三头六臂,铜头铁额,而且刀枪不入,水火不伤。每次开战,他都拼尽全力,勇猛无比,根本没有人能抵挡得住。蚩尤性格残暴,喜欢肆意杀人。他用武力压迫九黎人民服从他,为他战斗,九黎的百姓只有默默忍受。蚩尤还有八十一个和他一样强悍的兄弟、夸父族人,以及各路神魔的帮助。神农部落在蚩尤和其部下疯狂的攻势下,节节败退。<u>炎帝为了臣民的性命,也为了天下苍生的生存,只能求助于黄帝,希望联合他的部落共同对付蚩尤。</u>

名师指津

炎帝部落后来和黄帝部落结盟,组成了华夏民族的雏形,所以中国人直到现在仍会自称为"炎黄子孙"。

中国神话故事

咬文嚼字

生灵涂炭：百姓像掉在烂泥和炭火中一样，形容政治混乱时期人民处在极端困苦的环境中。

名师指津

北斗七星是大熊星座的一部分，由七颗明亮的恒星组成。古人把这七星连起来，想象成古代舀酒的斗形，因此称为"北斗七星"。

　　黄帝姬轩辕不仅实力强盛，更心怀天下。他见蚩尤使天下<u>生灵涂炭</u>，也秉着互救互助的原则，决定集结兵力与蚩尤对抗。这场足以改变天地的大战一打就打了好几年。但因为双方实力相当，所以始终未能分出胜负。眼见蚩尤的暴虐越加严重，而且此战越拖越不利，黄帝忧心忡忡。后来他在风后和力牧二位贤臣能将的辅助下，整合了所有力量猛攻蚩尤，一直将其打到涿鹿。就在此地，两军摆开阵势，准备决一死战。

　　不过，蚩尤天生就有神力，为人又非常狡猾。所以当黄帝亲率大军冲到蚩尤的阵中时，蚩尤并没有正面对敌，而是张开大嘴，从口中喷出浓浓的大雾。这股大雾遮天蔽日，将黄帝与他的军队团团包围。浓雾的遮挡，让黄帝和大军仿佛置身在黑夜里，难辨左右，不分前后。他们虽能听到周围敌军杀声四起，可任他们如何攻击、砍杀，也不见人影。大军被整整困了三天三夜，始终找不到出口。军中众人已经有些焦躁恐惧，意志也动摇了。

　　<u>正当黄帝愁眉不展时，大臣风后提出利用北斗七星的原理发明一个仪器，用这个仪器辨别方向。</u>黄帝采纳后，风后造出了指南车。大军跟着指南车的指引，终于走出了大雾。

　　但这一战，也让黄帝元气大伤。就在此时，天神西王母派九天玄女前来教授黄帝兵法谋略，并赐了一部权谋之书让他研习。黄帝拿到书后，与风后日日研究，最终研发出奇门遁甲，帮助大军重新赢取了胜利。

　　黄帝为了鼓舞士气，振奋军心，还命人用神兽夔（kuí）的皮蒙在鼓上。夔形状如牛，只有一只腿，它的吼声如雷鸣，但最特别的是，用它的皮蒙成的鼓，只需敲一下，鼓声就会

读书笔记

响彻五百里,而且声音洪亮,震耳欲聋。黄帝命人做了八十面这种鼓,并配上雷兽之骨做成的鼓槌。战场上每次响起鼓声时,都能军威大振,攻无不克。

蚩尤见自己的军队不断失利,军中兵将早已士气低落,瞬间怒气冲天。他手拿长矛、刀剑,亲自上阵拼杀。蚩尤不愧是天生战将,所到之处,无人能挡。面对这样凶悍的蚩尤,根本无人敢上前与他拼杀。最终,只有黄帝一人能与他抗衡。但蚩尤力大无比,黄帝也只能勉强对抗,最后只好边战边将应龙唤来援助自己。

应龙身上长着羽翼,既能翱翔九天,也能口吐江海。他盘旋在战场上空,张开巨口,将瀑布般的大水倾泻而下,大水将蚩尤的军队冲得七零八落。蚩尤也不甘示弱,急忙让风伯、雨师前来援助。瞬间狂风呼啸,沙石飞天,大雨倾盆。黄帝的军队也陷入了大水的围困中,随时都有溃败的危险。

生死关头,黄帝孤注一掷,请来了神女旱魃(bá)。旱魃所到之处滴水不见,寸草不生。她一现身,雨停风止,天气晴朗,围困众人的大水消失无踪。蚩尤最后的招术也失灵了,他的军队面对旱魃的神力早已惊恐万分。黄帝趁机反扑,终于将蚩尤的兄弟和部下全部歼灭,蚩尤也被斩杀。

据传,由于蚩尤神力无边,还拥有不死之身。黄帝怕他日后卷土重来,于是杀了他后,就将他的头和身体分别埋葬到相隔很远的地方。

经此一战,黄帝之名威震中原。各部落感念他的恩德,敬服他的实力,于是纷纷推举他作为中原部落的首领,天下一统的局面就此出现了。

咬文嚼字

卷土重来:比喻失败之后重新恢复势力。卷土,卷起尘土,形容人马奔跑。

拓展阅读

名师点拨

黄帝战胜了蚩尤，统一了中原各部落，使得中华民族进入了一个新的历史时期。他带领百姓开垦农田、定居中原，奠定了华夏民族的根基，因此被人们尊为"华夏始祖"。

阅读思考

1. 写出下列词语的反义词。

    强盛_____   狡猾_____   攻击_____

    低落_____   恐惧_____   动摇_____

    骁勇善战_____   卷土重来_____

2. 照样子写成语。

    含有数字的成语：三头六臂、_____

    含有反义词的成语：生死关头、_____

3. 黄帝和蚩尤一战，引出了很多人物和事件，比如风后造指南车、神女旱魃、应龙、风伯、雨师等，查查资料，找到他们的故事读一读吧。

    _____

嫘祖养蚕缫丝

名师导读

黄帝在位期间国势强盛,政治安定,文化进步,还有许多发明和制作。相传黄帝的妻子嫘祖就是养蚕缫丝的始祖。关于她发明养蚕缫丝的技术,还有一个有趣的传说呢。

嫘(léi)祖是上古时期西陵氏的女儿,后来嫁给黄帝为妻。从此帮助黄帝管理天下,教授农桑,完善嫁娶,推行礼仪,与黄帝一起造福黎民。在嫘祖的众多贡献中,应该以发明养蚕缫丝的功劳最大。

传说,黄帝战胜蚩尤后,一统中原各部,决心大力发展生产。于是,他找来妻子商讨两人分工合作,自己带领众人发展农业,制造工具,妻子就负责衣冠等物品的制作。嫘祖听后立刻答应下来,随后就与黄帝的三位手下分工合作。胡曹做帽子,伯余制衣服,于则做鞋子,嫘祖负责原料的采集。

当时,人们都是用兽皮、树皮等东西来制作衣物。所以嫘祖就每天带着部落中的妇女上山剥树皮,织麻网,再与野兽的皮毛相结合,进行制作。经过众人不分日夜的辛勤努力,

咬文嚼字

缫(sāo)丝:把蚕茧浸在热水里,抽出蚕丝。

部落中的每个人终于都有衣裳穿，有帽子戴，有鞋穿了。大家看着自己身上的新衣裳，开心得手舞足蹈。可就在众人沉浸在快乐里时，嫘祖却因为过于劳累，一病不起。更糟的是，不管众人做什么样的食物，嫘祖全都吃不下。黄帝与臣民们见嫘祖一天天消瘦下去，纷纷担心不已，却又毫无办法。

一日，守在嫘祖身侧的侍女们看嫘祖病到难以起床，就小声商量一定要找些食物让嫘祖吃。几人经过讨论，一致决定上山摘些野果，说不定能帮助嫘祖打开胃口。然而，她们上山后找到的果子不是酸就是涩，根本吃不了。眼看天就要黑了，野兽即将出没，几个侍女不得不动身下山。就在她们准备失望而归时，忽然在森林中发现一片陌生的地方。那里长着与众不同的树木，树木上挂满了白色的"小果子"，每一颗小白果都散发着晶莹剔透的光泽。侍女们不知道这是什么水果，但看它们色泽明亮，以为这一定是好果子，于是匆忙摘了一大筐。因为害怕野兽的袭击，她们也来不及尝，就赶紧下山了。

回到部落后，几个侍女迫不及待地拿出小白果想尝一尝，可怎么咬也咬不动，后来又用热水煮，但左等右等也不见小白果软下来。后来其中一个人用小木棍搅了搅热水里的白果，没想到木棍上竟被许多白丝缠绕。侍女们被吓坏了，赶紧把这件事告诉了嫘祖。嫘祖惊讶不已，于是强撑着身体亲自查看这些奇怪的白果。聪明的嫘祖看着木棍上的丝线，又听了侍女们得到白果的经过后，一下就明白了，她兴奋地说："这些小白果不能吃也不能喝，但是有了它，以后我们就有更多的衣服穿了。"

咬文嚼字

晶莹剔透：通透而明亮。

自从发现奇怪的小白果后，嫘祖的病也不药而愈。第二天，她就带着族中妇女，上山找到了这片树林。原来这是一片桑树林，那些"小白果"并不是真的水果，而是由一些小虫子吐出的丝缠绕而成的。嫘祖给这种小虫子取名"蚕"。她还发现蚕丝织出的衣物更加轻柔、舒适。黄帝的一套礼服和礼帽正是嫘祖用蚕丝所织。

从此以后，黄帝便下令臣民种植桑树。嫘祖则亲自教妇女们如何养蚕，如何缫丝，如何用蚕丝织出舒适轻柔的丝绸，做成衣服、鞋袜和帽子。人们再也不用依靠兽皮和树皮了。百姓感念嫘祖的功绩，从此尊称她为"先蚕娘娘"。

还有一个传说认为，嫘祖能得到蚕丝是因为蚕神。当年，黄帝大败蚩尤后，终于一统华夏。就在群臣朝贺、万民共庆的时候，忽然有一位小姑娘从天而降，将手中洁白无瑕的蚕丝进献给黄帝，以此恭贺他立下如此丰功伟绩。黄帝从来没见过这么美丽的东西，但又不知道怎么处理，于是急忙将蚕丝送到嫘祖那里。聪慧又能干的嫘祖，立刻用蚕丝纺织出了丝绸，做成了衣物、帽子，她还建议黄帝让臣民大力种桑养蚕。经过嫘祖的不懈努力，人们终于能穿上蚕丝制作的衣物，而养蚕缫丝的技术也一代又一代地流传下去了。

读书笔记

名师指津

考古学家在山西省夏县西阴村的新石器时代遗址中发现了半枚经人工切割过的蚕茧壳，为嫘祖养蚕的传说提供了有力的佐证。

咬文嚼字

洁白无瑕：洁白的美玉上没有一点儿瑕疵，比喻没有缺点，形容非常完美。

中国神话故事

拓展阅读

名师点拨

　　嫘祖养蚕缫丝，让人们有了更舒适的衣物穿。后人感念她的功绩，在嫘祖所到之处修祠建庙，供奉祭祀她；嫘祖首倡婚嫁，母仪天下，与炎帝、黄帝同为人文始祖。

阅读思考

1. 按偏旁写汉字。

   纟　缫、织、_____

   女　嫘、娘、_____

   礻　神、祖、_____

2. 写出下列加点字的读音。

   嫘（　　）祖　　缫（　　）丝　　晶莹剔（　　）透　　洁白无瑕（　　）

3. 嫘祖是怎么发现蚕丝的？读完这个故事，试着给爸爸妈妈讲述一遍吧。

   _____

   _____

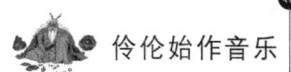

伶伦始作音乐

黄帝时期,古老的艺术也开始起源了。在神话中,我们可以看到最早的音乐起源。相传黄帝的乐官伶伦最早创作出音乐,为人们的生活带来了更多的乐趣。

相传,真正的音乐还没有出现的远古时期,黄帝觉得人们每日辛勤劳作非常辛苦,需要一些能够使人轻松的东西,而音律是不错的选择,于是他令臣子伶伦来创造乐律。

伶伦是协助黄帝管理家庙、主持祭祀的官员。接到命令后,伶伦决定用懈谷之竹来制作乐器。他从竹林中选取厚薄均匀的竹子,做成十二个大小不一的竹管。竹管做成后,伶伦轻轻一吹,果然能吹出清脆的声音。

但那时音调韵律还没有出现,所以伶伦吹出来的声音往往很难听,有人曾讽刺他吹出的声音能将野兽吓跑。<u>伶伦并不在意旁人的评论,他在意的是自己始终找不到头绪来创造音律。</u>

有一次,黄帝准备练习骑马。没想到他刚跨上马背,伶

名师指津

面对困难,伶伦没有放弃,而是选择继续坚持,只有这样才能最终获得成功。

伦就在不远处吹出了一段奇怪刺耳的声音，吓得马匹惊慌失措，四蹄腾空，一下就把黄帝摔到了地上。这下把伶伦也吓坏了，他赶忙跑上前把黄帝扶了起来。

但黄帝丝毫没有生气，反而高兴地说："你这竹管的声音连高大的马都能惊吓到，早晚有一天，它也能吹奏出动听的音律。"

伶伦愧疚地答道："我曾经答应大王创造音律，但如今三年都过去了，我还没有创造出来，这是多么大的罪过，但大王依然这样鼓励我，我太羞愧了。"

黄帝安慰伶伦说："别这么说，你在小小的竹子上打几个洞就能吹出声音，这已经是很大的发现和功劳了。"

黄帝的鼓励让伶伦信心倍增。虽然一时还没能找出音律，但他从未放弃过，反而更加努力。有一次，他来到凤岭，边休息边思考，不小心躺在一块大石头上睡着了。迷迷糊糊间，他听到头顶上传来阵阵美妙的鸟鸣声。伶伦被声音唤醒，慢慢睁开眼睛，抬头向上一看，树上站着两只无比美丽的鸟。它们的羽毛绚丽多彩，形态婀娜多姿。关键是它们发出的鸣叫声婉转悠扬，悦耳动听，而且极具韵律感。

伶伦听得如痴如醉，随手就拿起竹管跟随鸟鸣声吹奏起来。吹出的声音洋洋盈耳，仿若天籁。等他想进一步吹奏时，两只鸟已经离开了。伶伦顿感怅然若失，遗憾不已。

伶伦回去就将这件事告诉了黄帝，又将模仿来的鸟鸣声用竹管吹奏出来。黄帝听后，兴奋地说："那两只鸟大概就是凤和凰，凤凰来栖，是吉祥的征兆啊！"

至此，伶伦每日都去凤岭，等待凤凰到来。每次凤凰栖

咬文嚼字

婀娜（ē nuó）多姿：姿态柔软而美好。

息鸣叫时，伶伦都认真地观察、模仿。久而久之，伶伦渐渐发现凤鸣声高亢激昂，凰叫声柔和婉转。而且每次凤高鸣六声后，凰就会应和六声，唱和之间，非常和谐。<u>伶伦受此启发，经过多次修改、揣摩，创造出了以凤鸣为准的六种音高"六律"，以及以凰鸣为准的六种音高"六吕"，总共十二种音律，合称"律吕"</u>。

除此之外，伶伦还收集了其他飞禽走兽的声音，创造了更多的音乐形式。从此以后，世间充满了美妙动听的音乐。伶伦通过不懈的努力，为华夏留下了独一无二的乐律。他伟大的智慧也成为华夏民族的瑰宝，他是当之无愧的中国音乐始祖。

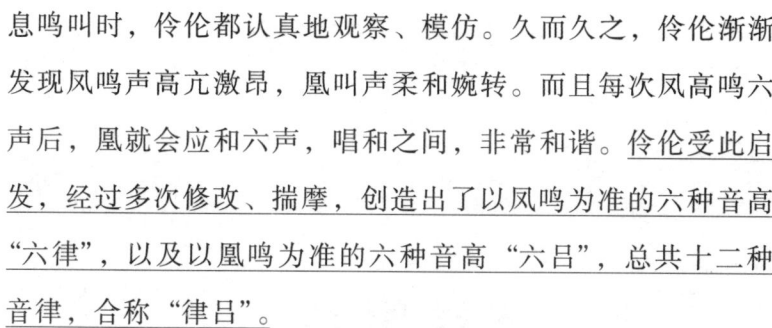

读书笔记

名师指津
六律六吕是古乐的十二个音调，是古代常用的定音方法。

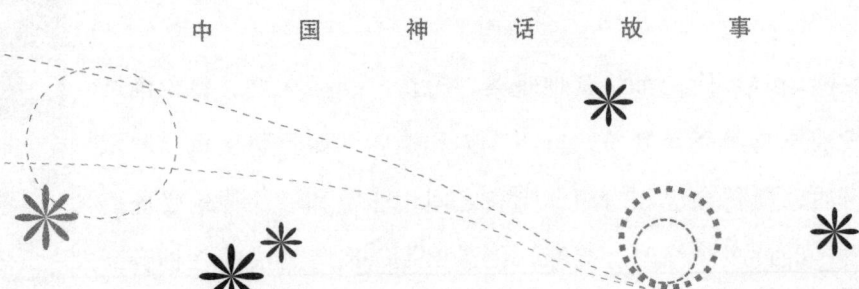

中国神话故事

拓展阅读

  伶伦不怕困难挫折，经过长时间的揣摩和推敲，终于创制出了十二音律，让世间充满了动听的旋律。他那坚持不懈、勤于思考的精神，值得我们学习。

阅读思考

1. 写出下列多音字的读音并组词。

乐 { ___（　　） / ___（　　） }　　兴 { ___（　　） / ___（　　） }　　娜 { ___（　　） / ___（　　） }

薄 { ___（　　） / ___（　　） }　　和 { ___（　　） / ___（　　） }　　吓 { ___（　　） / ___（　　） }

2. 你喜欢音乐吗？选一首你喜欢的乐曲，说说它带给你的感受，并分享给朋友吧。

仓颉造字

黄帝是个非常聪明能干的人物，他手下也集中了一大批有才能的人。尤其值得一提的是，黄帝手下的史官仓颉创造了文字，这种象形文字发展到今天，就是我们常用的汉字。

相传，黄帝统一中原部落时，文字还没有出现。人们想要记录任何事都是用绳子打一个结，大事用大结，小事用小结，连续的事就打一连串的结。这种方法最初确实能在一定程度上帮助人们，可是随着部落中事情越来越多，越来越繁杂，结绳记事出现的错误也更加频繁，甚至给人们的生活造成了很多麻烦和混乱。仓颉（jié）就是深受其害的人之一。

仓颉是黄帝的史官。传说他出生时就与众不同，不仅相貌如龙，还长着"四目双瞳"。当时，黄帝将粮仓、牲口的管理交给他，为了能时刻掌握食物、牲畜数量的多少和增减，他想了许多办法，例如将绳子涂上各种颜色，不同颜色代表不同东西；或者在绳子上挂各种样式的贝壳，用贝壳替代要管理的东西。仓颉用这些方法，将粮仓和牲口管理得井井有条。

咬文嚼字

井井有条：形容条理分明，整齐有序。

读书笔记

黄帝见仓颉这么有能力，交付给他的任务也就逐渐增多，连祭祀次数的记录、狩猎的分配、人口的增减都让仓颉负责。能力被认可是好事，可是这么多的事情，已经不是用结绳、贝壳就能够完成的了，必须要想出一种更加精确、更加简单的记录方式才行。为此，仓颉开始<u>冥思苦想</u>。

咬文嚼字

冥思苦想：深沉地思索。

一天，仓颉随黄帝出行参加狩猎。正认真思考的他，偶然间被几个老人的争吵声吸引了。原来他们根据地上野兽的脚印判断出东边有羚羊，北边有鹿群，西边有老虎，此刻正为去哪个方向狩猎在争论。仓颉突然灵机一动："既然一种脚印代表一种动物，那为什么不创造出一种符号用来代表我所管的东西呢？"

从那以后，他日夜思虑，四处观察。从天上日月星辰的分布，到地上山川河流的模样；从飞禽走兽的印迹，到花草树木的姿态，他无不仔细研究、记录。经过夜以继日地描摹和绘画，他终于创造出了各种各样的符号，来代表不同的含义。仓颉将这些符号称为"字"。

相传，就在仓颉将"字"造出后，一天，众多粟米如同下雨一般忽然从天而降，这是上天为了庆贺仓颉造字成功降下的福泽，因为从此人类就可以用字传达情感、记录万事、著书留世。

名师指津

中国的文明是唯一没有中断过的文明，汉字也是唯一的一直演变传承从未间断过的文字。

仓颉造出"字"后，用"字"记录了一件事给人们讲解，每个人听完都觉得很好理解，也很好记忆。黄帝知道后大加赞赏，并让仓颉立刻将"字"大力推广和普及。<u>就这样，"字"开始广泛被使用和传播，经过几千年的演变，才成为我们如今使用的文字。</u>

中国神话故事

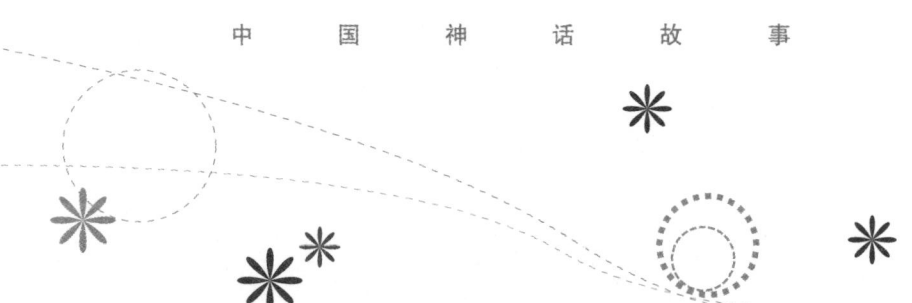

拓展阅读

名师点拨

仓颉造字只是一个传说，我们很难确切地回溯汉字最初的诞生和起源，但从仓颉造字的神话中，我们似乎可以找出最初古老的中国人开始创造文字的动机和思路。

阅读思考

1. 中国最早的汉字是象形文字，是由图画文字演化而来的。看看下面的象形文字，你能猜出它们是什么字吗？试着写在下面。

_____

2. 有些字是由两个独立的汉字组成的，根据各自的含义组成一个新的汉字，这种字叫作会意字。比如"尖"就是上面小下面大，"众"就是三个人组成。你还能举出一些会意字的例子吗？

_____

3. 还有一些汉字是由两部分组成的，一部分表示意义，一部分表示读音。比如"妈"，左边的"女"代表妈妈是女性，右边的"马"代表这个字的读音。你还能举出一些形声字的例子吗？

_____

百鸟国之王

相传黄帝的长子名为少昊，有关少昊的故事都与鸟有着莫大的关联。为了加速华夏部落和东夷部落的融合，少昊在东海之滨建立了"百鸟之国"。

少昊是黄帝与嫘祖的大儿子。他刚出生时，天空中突然出现了五只形态各异的凤凰，按红、黄、青、白、玄五种不同的颜色排列着落入庭院当中，因此他也被称为凤鸟氏。从此，少昊与鸟有了深厚的不解之缘，不仅日后部落的图腾从燕子到凤凰，都是以鸟为主，更重要的是，他建立了唯一由百鸟统领的国家。

后来，少昊经过黄帝的精心培养，慢慢成长为一个神力无边、本领无双的少年。于是黄帝将少昊送往东夷国，希望他能有一番作为。<u>少昊在东夷国的部落中不断成长，也渐渐显示出了自己的非凡才干，最后甚至成为整个东夷国的首领。</u>

但少昊并不安于现状，他决定在东海之滨建立一个全新的国家，并且采取一种特殊的管理制度，就是用各种鸟来做

名师指津
少昊统领期间是整个东夷在华夏远古时期最强大的时候。

文武官员，共同治理这个国家。至于哪种鸟担负哪种职责，就根据鸟的特点来分配。

春、夏、秋、冬，分别由燕子、伯劳、鹦雀、锦鸡掌管；鹁鸠十分有孝心，因此负责国中教育；鸷（zhì）鸟凶悍无比，就统领军队；布谷很公平，不偏不倚，于是管理建筑，分发房屋；雄鹰威严而公正，因此维护和执行法律；斑鸠最善于辩论，就由他负责言论工作等。另外还有九种扈（hù）鸟管理农业，五种野鸡负责木、漆、陶、染、皮五个工种的工作。国中百鸟则全部由凤凰统领。

百鸟国里的每只鸟都尽职尽责，在自己的岗位上兢兢业业，既各司其职，又相互配合。最热闹的时候就是每次开会时，既有歌喉婉转的百灵，也有美丽无比的孔雀；既有灵巧活泼的喜鹊，也有吵闹不停的鹦鹉，总之是莺啼燕语，百鸟齐鸣。少昊则根据鸟儿们的所有汇报进行赏罚奖惩，秉持着公平和正义，绝不偏袒。因此百鸟对少昊既佩服又敬仰。百鸟国中的一切都井然有序，有条不紊。

百鸟国在少昊与鸟儿们共同的努力下日益强大，不断富强，处处呈现欣欣向荣的景象，而华夏凤文化也由此蓬勃发展。

咬文嚼字

有条不紊(wěn)：有条理，有次序，一点儿也不乱。

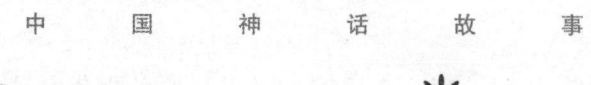

少昊建立了一个庞大的以凤鸟为图腾的氏族部落社会,他统领期间正是我国原始凤文化发展的繁荣时期。后来,凤凰逐渐成为中华民族的图腾之一。

1. 少昊是怎么安排百鸟来治理国家的?试着完成下面的连线。

    春天   鹦雀

    夏天   锦鸡

    秋天   燕子

    冬天   伯劳

2. 试着写一写带"凤"字的成语。

凤			
	凤		
		凤	
			凤

共工怒触不周山

共工是中国古代神话中的水神,掌控洪水,相传他素来和火神祝融不和,最终爆发了一场大战。结果共工战败,引出了著名的"共工怒触不周山"的神话。

自从盘古开天地创造了宇宙,女娲降世创造了人类以后,大地上人类繁衍生息,九天上神明各尽其职,一派祥和。后来,黄帝打败蚩尤,一统中原部落后,因为功高至伟,于是成了中央天帝,统领四海神明。

然而,水神共工却对黄帝成为天帝特别不满。共工有人的上半身,下半身却是蛇的身体。他性格暴躁,肆无忌惮,经常四处惹是生非,甚至纵容自己的手下相柳、浮游随意杀戮,试图挑战黄帝。黄帝最终忍无可忍,决心要彻底惩治共工,让他不能再祸乱百姓,扰乱天上人间的秩序。于是他派火神祝融作为主将,率天兵天将攻打共工。

共工与祝融本来就非常不和。祝融对共工的肆意妄为、狂妄自大深感不满。共工则因为祝融掌管世间火源,为华夏

咬文嚼字

惹是生非:引起麻烦或争端,惹是非。

四海送去光明，深受华夏黎民敬仰而对祝融心生不满，嫉恨在心。

因此，共工得知祝融即将攻打自己的消息后，决定先发制人，于是率领部下主动攻向祝融的光明宫。光明宫巍峨高大，四周常年燃烧着神火，神火不仅让宫殿显得更加庄严，也给天地带来了光明。共工在宫殿前摆开阵仗，先派人面蛇身、长有九个脑袋的相柳，以及穷凶极恶的浮游作为前锋，首攻祝融的宫殿。他们利用狂风骤雨，将光明宫永不熄灭的神火全部弄灭。天地瞬间一片漆黑，人神全部陷入恐慌。共工见到这幅景象，洋洋得意起来。突然，一股熊熊烈火穿透黑暗，开始在天地之间燃烧。

那团火焰就是火神祝融，他率领天兵天将，驾着火龙前来迎战。祝融刚一出现，风雨骤停，神火重燃，天地重新恢复光明。共工更加愤怒，他命相柳和浮游从江河湖海中汲取大水，朝祝融一方倾倒。铺天盖地的大水搅得天地混乱，日月无光，天兵天将死伤无数，神火也再次熄灭。然而由于祝融坐镇，所以等大水一过，神火又重新燃起。并且祝融还请来风神援助，让大火乘着风势，熊熊燃烧，直直地反扑共工的军队，一路势不可挡。

烈火让共工的军队溃不成军，无可奈何的共工只好带着剩余的兵力边战边退，最终逃进大海中，意图让海水阻挡祝融的进攻。但祝融已经下定决心，一定要将共工和他的同伙全部消灭。于是，他不仅没停下攻击，反而命令海龙燃起滔天大火，逼迫海水向两边翻腾，露出一条通道。共工被逼无奈，只好出来应战。但此时，双方的实力差距已经十分明显，

名师指津
这场大战反映了远古部族间的斗争，有的版本认为和共工大战的是当时的联盟首领颛顼。

咬文嚼字
溃不成军：军队被打得七零八落，不成队伍，形容打仗败得无法收拾。

共工的军队不敌祝融，最终全军覆灭。浮游被活活气死，相柳也逃之夭夭，只剩下共工独自战斗。但他早已经筋疲力尽，难以正面应战，只好一边抵抗一边逃跑。

共工一直逃到不周山，终因体力耗尽停了下来。他转身看向身后，祝融率领追兵紧随其后，杀气腾腾地朝他追来。共工知道自己已经无力回天，但他不愿意就这样输在黄帝和祝融的手上，可现在的局面他也无法改变。共工心里所有的不甘和愤恨交织在一起，令他再也无法忍耐那股怒火。愤怒不已的他突然向天一声怒喊，接着用尽最后的力气，一头撞向了身边的不周山，随后就听一声巨响，不周山竟然被他拦腰撞断了。

不周山的断裂，立刻带来了巨大的麻烦。不周山是支撑天地的"天柱"，它一断，半边天瞬间就塌陷下去，露出了一个硕大的窟窿。天河顺着窟窿倾泻而下，霎时，人间就被洪水覆盖，无数妖魔猛兽也趁机出动，人间变成了地狱。

后来，因为女娲不忍心子民受此苦难，选取五色石炼石补天，挽救了世人。至于共工，就永远被留在了不周山。

读书笔记

咬文嚼字
无力回天：形容事态的发展，已经到了无法挽回的地步。

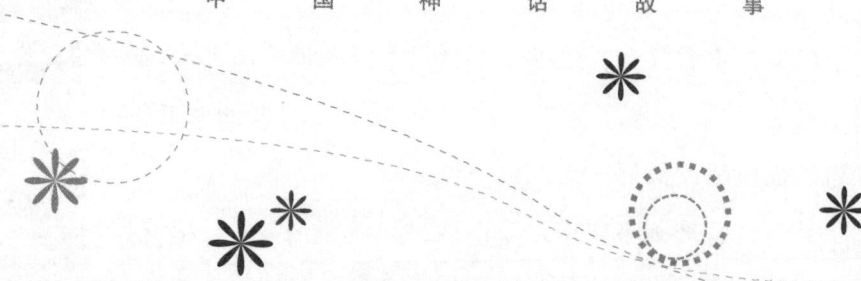

拓展阅读

共工和祝融的大战以共工失败愤怒地撞上不周山而告终。这次事件引起的天地间的巨变,反映了远古时期人们对日月由东向西运行、江河由西向东奔流等自然现象的认知和解释。

阅读思考

1. 学成语,填一填。

成语"肆无忌惮"的意思是_____,
它的近义词是_____,它的反义词是_____。

成语"狂妄自大"的意思是_____,
它的近义词是_____,它的反义词是_____。

我能写出和"忍无可忍"格式相同的成语:

日复一日_____

2. 你能找到共工怒触不周山的另一个版本,也就是共工和颛顼大战的版本来读一读吗?这两个版本有什么不同?试着说说看吧。

_____
_____

炼石补天

共工撞倒不周山后，天塌地陷，洪水泛滥。仁慈的女娲无法眼睁睁看着自己亲手创造的人类遭受苦难，历尽艰辛炼出五色石补好了天上的大窟窿。

自从人类出现后，世界<u>焕然一新</u>。人们在大地上繁衍、生活，其乐融融，为整个九州带来了新的生机。可就在这时，意想不到的大灾难发生了。

当时，天上的水神共工与火神祝融因事起了争斗，两位天神从九天打到人间，简直难分难解。后来祝融战胜了共工。共工既不甘心又无可奈何，一怒之下，撞向了不周山。不周山本是支撑天地的神柱，如今被拦腰撞断，不仅导致半边天完全倒塌，而且漏了一个大窟窿。

一瞬间，大地向东塌陷，海水完全倒灌。尘世间洪水肆虐、火海蔓延。上一刻还沉浸于幸福中的人类，此刻立时就被洪水火海淹没。而那些平时隐藏起来的妖魔鬼怪、龙蛇猛

咬文嚼字

焕然一新：形容出现了崭新的面貌。

读书笔记

兽,也都趁此机会倾巢出动,大肆屠杀人类。人世间充斥着悲恸和绝望的哭喊。

女娲看着人间宛如修罗地狱,自己的子民生活在灾难之中,难掩悲痛之情。她看着天上硕大的窟窿,下定决心宁肯倾尽所有也要终结这场灾难。

于是她走遍九州大地,选取了能炼石的原材料,投进大火中,整整炼了九九八十一天,终于炼出了巨大无比、神力无边的五色石。<u>女娲双手托举着五色石,朝天飞去,然后缓缓地将五色石放进窟窿中。天空被补好的那一刻,天地重新归于平静。</u>

随后,女娲砍下一只巨龟的四只脚作为四根柱子,将倒塌的半个天支撑起来,并且对大地上仍未停息的洪水进行治理,还将为祸人间的妖魔猛兽一一驱赶铲除。人世间在女娲的辛劳治理下,终于迎来了大水消退、烈火熄灭的那一天,猛兽龙蛇也收敛了行为,躲回山林里。人们又回到了和平的时代。

但这场灾难依旧留下了许多难以磨灭的痕迹。从五色石补好天的那刻开始,天向西北倾斜,大地向东南倾塌,从此日月便向西落,江河向东而流。

世间恢复了和平,人们欢欣雀跃,<u>载歌载舞</u>,感念着女娲的恩德与慈悲。天空上不断闪耀的五色霞光映照着九州四海,永远传颂着女娲补天的故事。

名师指津
古时候,人们相信雨过天晴后出现的彩霞,就是当年女娲用五色石炼成的。

咬文嚼字
载歌载舞:又唱歌,又跳舞,形容尽情欢乐。

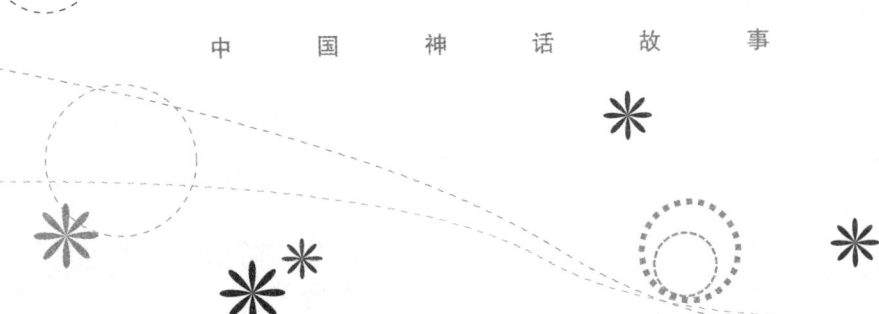

中国神话故事

拓展阅读

名师点拨

女娲补天的故事和女娲造人的故事一样著名,在我国家喻户晓。女娲炼石补天的故事,反映出我国古代劳动人民改造天地的雄伟气魄和大无畏的斗争精神。

阅读思考

1. 女娲是怎样补好天上的大窟窿的?

2. 结合前面讲的女娲造人的故事,谈谈你对女娲所做事情的理解。

拓展延伸

女 娲

女娲不仅是造人的始祖,还心怀仁慈,为人们炼石补天,让人间重新恢复了和平。相传她神通广大,是华夏民族共同的母亲。从古至今,人们都对这位女神十分敬仰和崇拜,并尊称她为大地之母。女娲文化源远流长、博大精深,是中华民族传统文化的宝贵遗产,关于女娲的传说也广泛流传,影响十分深远。

帝喾的子孙

　　帝喾是少昊的孙子、颛顼的侄子。他自幼聪明过人，长大后成为一位万民诚服的帝王。帝喾用自己的仁德和诚心赢得了天下百姓的拥戴，他的子孙也和他一样，既能干又贤德。

　　帝喾（kù），传说是黄帝的曾孙，他从小就拥有卓越的才干，而且德行高尚，心怀黎民。<u>当颛顼（zhuān xū）从天帝的位置退下后，继承他位置的人就是帝喾。</u>

　　帝喾即位后公正严明，顺从民意，实施仁政，帮助百姓过上了好日子。帝喾用自己的仁德和诚心，得到了天下百姓的拥戴。不仅如此，帝喾的每一位子孙也和他一样，既能干又贤德。

　　姜嫄（yuán）是帝喾的第一位妻子，她非常美丽，也很温柔。相传，姜嫄还没有嫁给帝喾前，有一日外出游玩，偶然间走到一片鸟语花香、环境清幽的地方。姜嫄开心不已，在草地上到处奔跑嬉戏，就像一只美丽的百灵鸟。然而玩得正开心的她，突然在花草深处发现了一个巨大的脚印。她好

名师指津

帝喾在位期间严以律己，处事公正，不偏袒任何一方，因此被后世之人列为"五帝"之一。

奇不已地探出脚踩了一下印记，随后就发现自己怀孕了。没过多久，姜嫄生下了一个男孩。但姜嫄觉得这个孩子来路不明，是不祥之兆。惶恐不安的她就将孩子遗弃在后巷，结果牛马路过，全都躲避不踩。姜嫄又打算将孩子放在丛林中，但森林中人很多，就没有丢成。姜嫄只好又将他丢在冰河上，却有飞鸟用翅膀相护。姜嫄觉得很神奇，认为这是神的指示，于是又将孩子抱回来养育，为他取名弃。

弃长大后，非常聪明，还很喜欢做农活儿。慢慢地，他成为了农业专家。后来他任职稷官，专门管理天下农事，为百姓做了许多好事，因此被世人尊称为"后稷"。

除了弃以外，帝喾与第二任妻子简狄生下了商朝祖先契。契不仅制定了天文历法，还帮助人们管理火种，发展农业。帝喾与第三任妻子庆都诞下了治世清明、千古贤帝——尧。帝喾和第四任妻子常仪诞下挚，帝喾退位后由挚继承帝位，他上位九年后，将帝位禅让给了尧。

帝喾还有一些子孙也很优秀：儿子晏龙能制作琴瑟乐器；孙子义均能制作百物，是一位了不起的能工巧匠，他发明了木工工具以及农具等；曾孙番禺是造船始祖；番禺的孙子吉光可以用木头造车。

帝喾的子子孙孙始终秉持着帝喾为天下万民的宗旨，用自己的才能和智慧，将所有力量倾注到世间，帮助人类开创了新的时代。

咬文嚼字

惶恐不安：惊慌害怕，十分不安。

名师指津

挚继位之后无心治理国家，导致民心离散，人们对挚越来越不满，挚就将帝位禅让给了尧。

中国神话故事

拓展阅读

名师点拨

帝喾是个不同凡响的帝王,相传他是太阳神帝俊转世。因此,后世的帝王不论真假,都爱将自己的身份与帝喾联系在一起,这也反映了人们对这位帝王的崇敬之情。

阅读思考

1. 下列加点词的读音对吗?如果不对,请改正。

帝喾(gào)(　　)　　姜嫄(yuán)(　　)

后稷(sù)(　　)　　颛顼(yè)(　　)

2. 熟读故事,填一填。

帝喾的第一个儿子是_____,他的才能是_____,因此被后人尊称为_____。帝喾的儿子_____是商朝的祖先,_____是千古贤帝,_____能制作琴瑟乐器,_____能制作百物,_____是造船始祖,_____可以用木头造车。

3. 搜集有关帝喾的故事,整理出来和同学们分享一下吧。

_____

日月之母

　　帝俊是中国古代神话传说中的上古天帝，后世很多人认为他和帝喾是一个人。传说他有三个妻子，娥皇生三身之国，羲和生了太阳，常羲生了月亮。

　　远古时期，伟大的帝喾不仅居功至伟，他的品德甚至能和黄帝相媲美。他与几任妻子生下的弃、契、尧，以及挚等这些优秀的孩子，都为华夏大地贡献了自己的全部力量。帝喾的子孙不仅遍布人间，九重天上也有他的孩子在发光发热。

　　羲和与常羲是帝喾在天上的妻子。羲和长得非常秀美，而且热情奔放，天真烂漫。她在嫁给帝喾后不久，就生下了十个可爱的孩子。这十个孩子红彤彤的，身上燃烧着火焰，像一个个小火球。他们的性格像火一样热情，当然也很淘气。在母亲的照顾下，十个孩子逐渐长大，火球也越变越大，最终变成了天上的太阳。他们每日轮流到天上，为大地洒下阳光，带去温暖。因此，羲和成为了太阳之母。

　　与羲和一样同是帝喾妻子的常羲是个恬静温柔的女子。

名师指津
羲和作为太阳之母的形象出现，最早是在《山海经》里。

读书笔记

咬文嚼字

周而复始：一次又一次地循环。

她为帝喾生下了十二个乖巧可人的孩子。孩子们的身上总是散发着宁静祥和的光芒，使人心情平静，并且会在黑夜里为世人投下光辉，照亮前路。这十二个孩子正是天上的十二轮月亮。孩子们很遵守母亲定下的规矩，每个人在天空任职一个月，周而复始，轮流交替。因此，一年也就分为了十二个月。从此，常羲就成为了月亮的母亲。常羲看着自己的孩子们，非常欣慰，她还根据孩子的升起和落下，制定了时历。

太阳和月亮的诞生，为整个宇宙带来了平衡与和谐，从此，世间万物遵照日升月落来作息。"日母"羲和与"月母"常羲也被尊为创世神。她们伟大的贡献也和太阳、月亮一起被人们永远铭记。

中 国 神 话 故 事

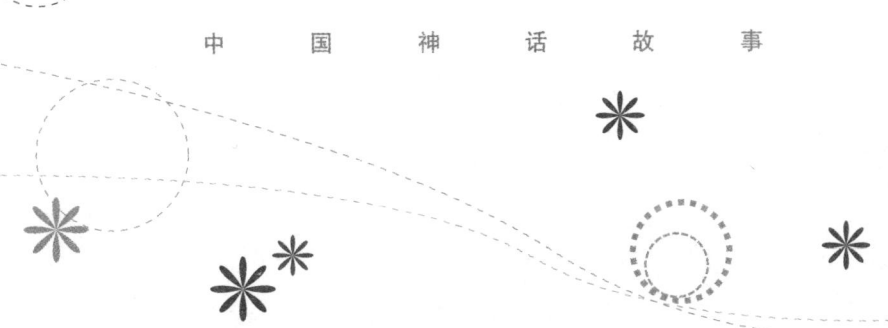

拓展阅读

 **名师点拨**

羲和和常羲作为神话传说中的日母和月母,在古人心中有着十分重要的地位,是人们心目中的崇拜对象。这则神话也反映了远古人类对日升月落等自然现象的敬畏和探索。

 **阅读思考**

1. 写一写以"日""月"为偏旁的汉字并组词。

时(时间)　__(　　)　__(　　)　__(　　)
__(　　)　__(　　)　__(　　)　__(　　)

胜(胜利)　__(　　)　__(　　)　__(　　)
__(　　)　__(　　)　__(　　)　__(　　)

2. 你了解日升月落的规律吗?古人不知道其中的道理,但你一定可以从现代科学的角度解释这些现象。试着说一说吧。

_____

3. 连续一个月观察月亮的变化,并每天画下来,看看有什么规律。

_____

羲和驭日

名师导读

太阳每天从东方升起，为人们带来光和热，古老的先民深知它的重要性，为它赋予了许多神奇的传说。太阳落山后去了哪里？古人用"羲和驭日"的神话对其做了生动的诠释。

传说远古时期，羲和生下了十个儿子，他们淘气开朗，还会像火球一样发光发热。这十个孩子就是九重天上的十个太阳。当时，十个太阳与母亲羲和住在扶桑树上。扶桑树是一棵神树，位于黑齿之北，东海汤谷之上。太阳每天从这棵树的方向升起，为人间带来第一缕光明。

每一天，太阳之母羲和都会亲自驾着威严无比的六龙之车，从扶桑树上迎接一个太阳，准备开始一天的工作。等到了晨曦时分，羲和就驾着车从扶桑树下升到树顶，让朝霞如火般染遍东方；中午时分，她就会驾车经过天穹，这时的阳光最热烈也最火辣；黄昏时分，载着太阳的车就会慢慢进入西方禺谷，这时的西方被夕阳的余晖洒满，黑夜即将来临。

当太阳完全落入禺谷，世间重新迎来黑夜时，羲和就驾

咬文嚼字

天穹：从地球表面上看，像半个球面似的覆盖着大地的天空。

着车，在星光和月色的陪伴下，一路疾驰奔回汤谷。羲和会在汤谷里帮工作了一天的孩子洗去一身的尘埃，再将他送回扶桑树上休息。随后，羲和接上第二个太阳孩子，准备迎接崭新的一天。每次，只有当前一个太阳回到树上，下一个孩子才能从树上下来。就这样，十个太阳日复一日，年复一年，在母亲辛勤严格的接送下，依次在天上散发着自己的光和热，从未出现过一点儿差错。

由于十个太阳每天严守自己出行的时间，恪守自己的职责，所以人间的花草树木可以茁壮生长，粮食年年大丰收，四季有序交替。<u>人们也根据太阳的日程，创建了天文历法之一的"十天干"</u>。从此以后，人们日出而作，日落而息，天下万民过着幸福和乐的生活。

名师指津

十天干分别是甲、乙、丙、丁、戊、己、庚、辛、壬、癸，它们和十二地支组成了中国独有的历法。

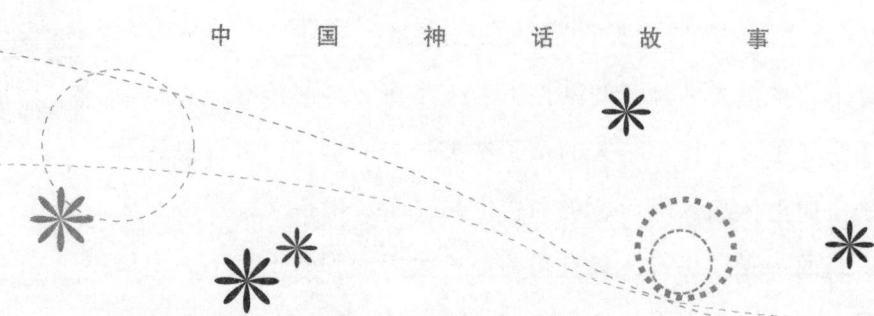

拓展阅读

羲和每天赶着龙车,掌握时间的节奏,不慌不忙地载着太阳儿子,和他们一起日出日落。这幅优美的、令人遐想的驭日图,是古人心中对于太阳这种自然现象最美好的注解。

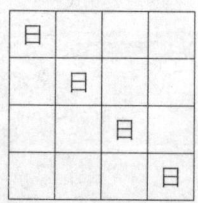

1. 试着写一写带"日"字的成语。

日			
	日		
		日	
			日

2. 太阳对人类有哪些重要性呢?试着在下面的横线上写一写。

_____

_____

3. 用自己的话说一说羲和每天是怎样驭日的。

_____

_____

 后羿射日

后羿射日

后羿是一个神箭手,他神勇非凡,上射太阳、下杀猛兽,一心为民除害。后羿射日的英勇壮举千百年来为人们所称道,反映了我国古代劳动人民渴望战胜自然、改造自然的美好愿望。

天上的十个太阳依照母亲的规定,每天东升西落,尽职尽责,为人间带去光明和温暖。因此,他们渐渐成为黎民百姓敬仰的太阳神。然而,这十个高高在上的太阳神,本质上不过是十个淘气又贪玩儿的孩子。由于每天都在重复同样的工作,日积月累,已经令这十个孩子越来越烦躁,顽皮的性格也越来越隐藏不住了。

一天夜晚,十个孩子趁着母亲刚刚离开,就开始热热闹闹地讨论要玩儿些什么。最后十兄弟一致决定,明天一早,十个人一起升到天上好好玩儿一玩儿、闹一闹。

于是,等黎明到来时,十个太阳跑跑跳跳,你追我赶地全都飞奔到了天空上。等母亲羲和赶到时,已经来不及阻止他们了。太阳们在天上自由自在地玩耍,看着世间的山川河

咬文嚼字

日积月累:长时间地积累。

流、花草树木和飞禽走兽,他们觉得新奇又有趣。这一切比荒凉无比的汤谷好玩儿多了。这下,十个太阳更不愿意像以前那样无聊地工作了。他们开心地在天上玩儿了一天又一天,根本没有停下的迹象。

然而,十个太阳的贪玩儿,却给人间带去了难以想象的灾难。十日并出,光热齐发,相当于十个大火球在同时炙烤着大地,世间万物根本承受不了他们的热量。这一下,土地全部被烤焦,庄稼都干枯死亡;森林里大火蔓延,鸟兽蛇虫被烧死无数;河流全部干涸,不见一滴水。房屋、粮食和花草等也都因为炽烈的阳光而着起大火。最可怕的不是大火弥漫,而是人人处在高温下,既没水源也没粮食,还有各种可怕的怪兽到处吃人。所以那时候,人不是被烤死、饿死或者渴死,就是等着被怪物咬死。天地之间根本无处可逃,人们只能在这种绝境下,苦苦挣扎生存。

虽然世间万物都向往温暖和阳光,但现在这种过分的温暖显然已经快要将人类吞噬(shì)殆尽。人们再也忍受不了了,纷纷向上天祈求,希望能摆脱这些太阳。

世间百姓的祈求,让悲痛直达天庭,终于传到了天帝的耳中。他这才知道自己的十个儿子闯下了大祸。看到人世间遭受的种种苦难,天帝知道必须得做些事来尽快弥补。

当时,天上有一个力大无比、箭无虚发的大神叫后羿。于是,天帝将他叫来,亲手将一把红色的神弓和一袋白色的箭交给他。并告诉他,这十个太阳太过顽劣,一定要好好惩治他们,同时也要将肆意为祸人间的怪兽铲除,让人间重获太平。但太阳们毕竟是自己的孩子,天帝实在不忍心杀掉他

们,所以在后羿临行前,还是颇为无奈地嘱咐后羿,让他手下留情些。

后羿领命来到人间后,发现事情比他想象的更加严重。成千上万的人被饿死、渴死,冲天的火光四处蔓延。人们不仅要在酷热中努力求生,还要日日担心被怪物生吞活剥,人们完全生活在水深火热之中。<u>后羿看到人间变成炼狱,心中既沉痛又愤恨,所以暗暗下定决心,一定要将十个为祸人间的太阳彻底消灭。</u>

于是后羿登上东海之畔的高山,用力拉开重有万斤的神弓,搭上白色的神箭,仰天朝不断发光的太阳射去。随着"嗖"的一声,利箭就如闪电般直直地向第一个太阳飞去,随后一个大火球在空中盘旋了几下后,就极速地落下了。太阳们还没反应过来,第一个太阳就这样被射落了。紧接着,后羿又搭上箭,拉满弓,接连射下了两个太阳。

这时天上还剩下七个太阳,人间也相应降了一些温度。但后羿想起他们给人间带来的灾难,还是一支接一支狠狠地将箭射向天空,出手根本不留情面。他已经将天帝叮嘱的话全部抛在了脑后。这时,太阳们才知道害怕,但后悔已经来不及了。后羿的箭术<u>百发百中</u>,他们根本逃不掉。后羿很快就将六个太阳一一射落,连带他们的光和热也慢慢消失了。

此时的天空,只剩一个太阳在瑟瑟发抖。他看着自己的兄弟全都因为贪玩儿被射落了,认为自己肯定也逃不了了。后羿本来也想将这个太阳射落,甚至连弓都拉开了,但转念一想:如果这个太阳也没了,人世间用什么来照明呢?于是他收回弓箭,对最后一个太阳严厉警告,让他从

名师指津

后羿是个正直的人,为了人间的安宁,他不顾自身安危,违抗了天帝的命令。

咬文嚼字

百发百中:①每次都命中目标,形容射箭或射击非常准。②比喻做事有充分把握,绝不落空。

读书笔记

咬文嚼字

恪（kè）守：
严格遵守。

此恪守东升西落的规律，忠于职守，为人间带去光明和温暖。这个太阳早就对后羿害怕不已，所以对他说的话无不遵从。从此以后，天上就只有一个太阳为大地不断奉献着光和热，他严格遵守出行的规律，东边起西边落，再也不敢因为贪玩儿随意出没了。后羿射日后，又将那些吃人的怪物一一斩杀，终于为人间重新带来了和平。

后羿凭借自己的勇敢和善良，让华夏子民再一次渡过难关。自此以后，人间再也没有受到太阳的迫害。百姓们安居乐业，繁衍生息。人们感激后羿的无私付出，便将他勇敢无畏的精神不断传承，永世流传。

中国神话故事

拓展阅读

 名师点拨

后羿射日的神话充满了奇特的想象,但其中也隐含着上古先民对帝尧时期各种自然灾害的概括和诠释。而后羿那大无畏的精神,也在人们口中世代流传,激励着无数的后辈。

阅读思考

1. 照样子写成语。

ABAC 式:百发百中、_____

AABB 式:热热闹闹、_____

AABC 式:瑟瑟发抖、_____

2. 后羿是怎样射下九个太阳的?用自己的话说一说。

_____

_____

_____

嫦娥奔月

 名师导读

嫦娥是后羿的妻子。后羿为人间射下九日，让天下重新恢复生机。后人感念他的恩德，又在后羿射日的基础上演化出了"嫦娥奔月"的神话。

后羿射日后，天下重新恢复生机，万物重归安宁，经过一段时间的休养生息，世间又迎来了太平盛世。

由于后羿功不可没，因此天帝准备给予他封赏。没想到，这却引起了一部分天神的嫉恨。他们添油加醋地向天帝进献谗言。天帝本来也因为自己九个儿子的死亡而痛心，加上这些谗言，一时怒火难息，不仅取消了对后羿的赏赐，还准备重罚他。因为后羿也确实立下了大功，于是天帝只好把后羿与他的妻子嫦娥贬到凡间，做一对儿凡人来当作惩戒。

后羿到人间后，虽然因为天帝的惩罚而感到郁闷，但他并没有就此消沉，反而不断在人间奔走，四处斩杀那些危害百姓的怪物，这下更受百姓的称颂。不过嫦娥却没有像他那样积极乐观。

名师指津

后羿四处奔走，除掉了猰貐（yà yǔ）、封豨、九婴、巴蛇、凿齿、大风这六只凶兽，为人间带来了真正的安宁。

 嫦娥奔月

嫦娥是后羿的妻子,容貌倾国倾城,令人一见难忘。她本来与后羿一起生活在九重天上,他们不仅住在硕大的宫殿里,而且生活自由自在,惬意万分,加上神仙的身份,还能够长生不老。但现在他们成为凡人,不仅住的房子不大,嫦娥还必须天天围着油盐酱醋转,靠织布纺衣生活。并且作为人,总有一天她美丽的容颜会老去,会遭受死亡的威胁,甚至死后也只能去冥府,无法升天成神。嫦娥每次想到这些,都会愁眉不展。最关键的是,后羿自从来到人世后,天天忙着四处奔走,根本没时间陪在嫦娥身边。这让嫦娥更加难以忍受凡人的生活,几乎天天以泪洗面。

后羿很疼爱自己的妻子,他虽然不后悔自己射日的举动,但妻子因为自己受到牵连,也使他非常愧疚,所以经常想各种方法哄妻子开心。有一天,他得到消息,说昆仑山上住着一位法力高强的西王母,她拥有长生不死的神丹。后羿心想,虽然不能再到天上成神,但能在尘世间永远长生不死,和嫦娥永生永世在一起,也是不错的。

凡人想要去昆仑山不仅路途遥远,还有许多艰难险阻。即便侥幸到了昆仑山,那里山高入云,荆棘丛生,有弱水相护,神火镇守,还有许多可怕的神兽守护,根本上不去。因此从来没人见过西王母和长生不死的神丹。为了能让嫦娥开心,也为了弥补自己对她的愧疚,后羿毅然踏上去往昆仑山的路。

后羿背着弓箭一路马不停蹄,披星戴月,终于赶到了昆仑山。然而昆仑山周围的三千弱水,连一片羽毛都浮不起来,又怎么可能游过去;加上不灭的神火,碰一下就会全身燃烧,

咬文嚼字

倾国倾城:形容女子容貌很美。

咬文嚼字

披星戴月:形容早出晚归,辛勤劳动,或昼夜赶路,旅途劳顿。

难以熄灭，更加难以逾越。但后羿紧握双手，咬紧牙关，一路向前，一步也不后退。他凭借自己的顽强意志，克服了一切阻碍。最终，伤痕累累的后羿终于登上了昆仑山山顶，见到了西王母。

后羿见到西王母，急切而真诚地向她说明来意，请求她赐药。西王母看到浑身是伤的后羿，被他的真诚和无畏打动了；并且后羿为万民无私付出的精神，也令西王母钦佩。于是，她就命青鸟取来一颗神丹赠给了后羿，算是对他的鼓励。后羿临走前，西王母叮嘱他，这颗神丹如果两个人分着吃，就能长生不老；如果一个人都吃了，这个人就会飞升成仙。

后羿拿到神丹后，急忙飞奔回家，并将长生不老的神丹拿给嫦娥看。嫦娥看到神丹，知道自己终于不用忍受生老病死了，开心不已。后羿看妻子终于开心起来，觉得自己去求药是正确的。随后，两个人商量，准备在一个好日子一起吃药。于是后羿就让嫦娥将神丹小心保管好。

然而，后羿拿到不死神丹的事，竟然不小心让他的徒弟逢蒙知道了。后羿有百发百中的箭术，因此他成为凡人后，有许多人慕名来学习，逢蒙就是其中之一。逢蒙为人心术不正，他知道神丹的事后，有一天趁嫦娥独自在家，就用武力逼迫嫦娥将神丹给他。嫦娥被逼得退无可退，宁死不肯交出神丹。就在逢蒙要杀害她时，嫦娥一仰头，竟将整颗神丹吞了下去。

嫦娥刚吞下药，神奇的事就发生了。嫦娥忽然感觉全身无比轻盈，接着整个身体慢慢离开地面，越升越高，最后整个身体都飞出了屋外，飞上了天空。嫦娥看着家离自己越来

名师指津

关于西王母的传说还有一种说法，传说西王母在瑶池有一片桃林，这里的桃树三千年才结一次果，人吃了就能成仙得道。

咬文嚼字

心术不正：指人用心不忠厚，不正派。

越远，害怕极了。当嫦娥升到半空时，才看到后羿着急地回到家中。此刻，她很想回到后羿身边，告诉他发生的一切。但她已经成为神仙，再也回不去了，只能任由身体慢慢向九重天飞去。

本来她应该飞去天宫，但嫦娥一面觉得惭愧和内疚，一面又很思念身处人间的后羿，于是半路上就转身飞向了清冷的月亮。月亮上非常寒冷，除了一座孤单的宫殿和一只兔子外，什么也没有。嫦娥从此就一个人住在月宫中，遥望着人间，思念着后羿，再也没能回去。

再说后羿，当他心神不宁地赶回家里时，已经来不及做任何事了。因为嫦娥早就变成神仙，飞往九重天了。虽然逢蒙将所有责任推到嫦娥身上，污蔑她私自偷吃灵药，但永远失去心爱妻子的后羿，早就不想分辨谁对谁错，他只觉得悲恸（tòng）欲绝。从白天到黑夜，他一直流着泪喊着嫦娥的名字。当月亮高悬夜空时，悲伤的后羿忽然发现今晚的月亮圆如明镜、皎洁清澈，并且上面隐隐约约有一个女子的身影，正望着人间，那个身影很像嫦娥。

后羿立刻朝着月亮摆上一张桌子，上面放满嫦娥喜爱吃的瓜果糕点，以此化解心中对她的思念。后来，世间百姓纷纷效仿，每到这一天就对着圆月摆一桌子的食物，和全家人一起祭拜月亮里的嫦娥，让她保佑自己一家团圆平安。久而久之，这一天就成了期盼家人团圆的"中秋节"。

咬文嚼字

心神不宁：形容心情不平静。

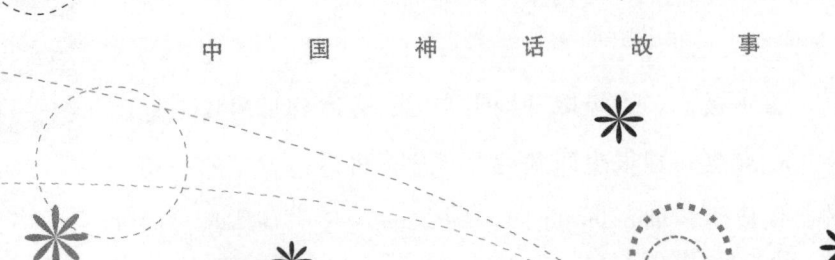

中国神话故事

拓展阅读

名师点拨

　　嫦娥奔月是一个美丽动人的神话故事，它体现出了古人对星辰的崇拜。人们怀念嫦娥，认为每年这一天天上的月亮会比其他时候更圆、更明亮。

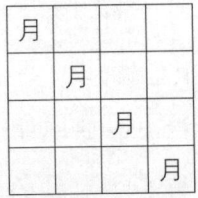

阅读思考

1. 试着写一写带"月"字的成语。

月			
	月		
		月	
			月

2. 嫦娥奔月只是个神话，月亮上当然没有嫦娥。那么，你知道月亮上的世界是什么样的吗？试着写一写吧。

_____

3. 关于西王母的传说有很多，去找来读一读吧。

_____

逢蒙杀羿

 名师导读

在上古传说中,逢蒙是一位有志于学习箭术的青年。他拜后羿为师,学习箭法,本来可以大有作为。可他却被嫉妒冲昏了头脑,最终选择杀死了后羿,落得个遗臭万年的结局。

后羿被贬下凡间后,许多人因为他高超的箭法而来拜师,逢蒙也是拜师的人之一。逢蒙原本是一名普通的山间猎手,但他聪明、勇敢,也很好学,因此是后羿最喜欢的弟子。

后羿很看重逢蒙,他不仅将毕生的箭法和心得倾囊相授,还尽心尽力辅导逢蒙精进射箭技术。后羿知道想练成百发百中的箭术,需要的是日夜苦练,于是对待逢蒙格外严格。逢蒙也很刻苦,每日都勤加练习,从不偷懒耍滑。通过两个人共同的努力,逢蒙不负厚望,箭术终于能够赶上后羿了。每当人们谈论箭术高低时,提起后羿肯定也会说起逢蒙。看见徒弟有如此的成就,后羿开心不已。

可是逢蒙却丝毫开心不起来。逢蒙虽然天资聪颖,也非常勇猛,但他有一个最大的缺点——嫉妒心太强。逢蒙不仅

咬文嚼字

倾囊相授:把所有的技能、知识都传授给学生。

不满意人们总将自己和老师相提并论,而且最令他忍受不了的是,每当人们提起两人时,最后还是会说后羿的箭术技高一筹。逢蒙想要的是声名鹊起,想要的是天下第一,然而他心里清楚地知道,后羿射箭的本事确实比自己高,只要有后羿在,自己的名字就只能排在他后面,只能永远在他之下。每次想到这些,逢蒙心中的嫉恨就会多一些。最终,他决定杀掉后羿。

名师指津
嫉妒蒙蔽了逢蒙的双眼,让他无法看到后羿对自己的好。

但是,想除掉后羿不是一件简单的事,逢蒙一直没等到合适的时机。直到有一天,后羿独自一人进山打猎。逢蒙觉得这是一个好机会,于是来到山林中埋伏起来。趁着后羿背对自己寻找猎物时,逢蒙突然在他身后放出一只暗箭。后羿不愧是了不起的神箭手,当逢蒙射出的箭刚发出声响时,他就立刻拉开自己的弓,转身也射出一箭。两箭顷刻就在空中交汇,一起落在了地上。逢蒙一箭失手,并没有停下,反而接二连三朝后羿射出箭,每一箭都想要后羿的命,但都被后羿一一挡回。双方交锋数次后,后羿的箭已经全部用完了。逢蒙大喜,他狠狠地朝后羿射出自己最后一箭,后羿中箭从马上跌落。逢蒙以为后羿必死无疑,急忙跑过去查看。没想到后羿竟然慢慢站了起来,那支箭就咬在他嘴里。

咬文嚼字
瞠目结舌:瞪着眼睛说不出话来,形容受窘或惊呆的样子。

逢蒙被这一幕吓得瞠目结舌。他知道自己的坏事败露了,于是扑通一声就跪在了后羿面前,一边痛哭流涕,一边求后羿饶恕自己,并且发誓再也不敢这么做了。善良的后羿看逢蒙似乎真的悔过,加上是他一手教出来的徒弟,他也于心不忍,于是原谅了逢蒙。

这件事过后,逢蒙在后羿面前表现得更加恭顺有礼,但

心里对后羿的恨意有增无减,要杀他的想法一天比一天强烈。逢蒙在私下里将一根桃木慢慢削成大木棍,被后羿发现后,他说是用来对付野兽的,后羿也没有怀疑。结果,在一次打猎时,逢蒙趁后羿不备,举起木棍就朝他后脑勺儿的位置打去。后羿来不及阻挡,就这样死在了爱徒的手中。

　　后羿虽然死了,但逢蒙并没有得到他想要的东西,反而永远失去了作为人最重要的品德。<u>至于后羿,他虽然死了,但他舍己为人、无所畏惧的德行深受万民敬仰,上天将他封为宗布神,统领万鬼。</u>

名师指津

相传后羿从河伯手中救下了落难的洛河水神宓妃,并惩治了作恶多端的河伯。为表彰他们,天帝封后羿为宗布神,宓妃为洛神。

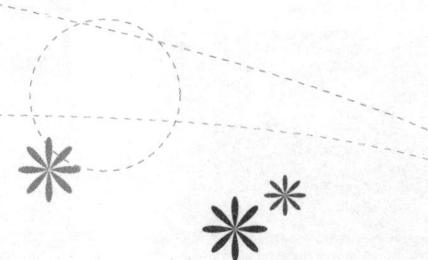

中国神话故事

名师点拨

后羿一心为民,对待别人毫无保留,却不幸被徒弟逢蒙所杀。不过公道自在人心,通过极端手段抢来的东西,终究不是自己的。逢蒙自以为杀了后羿就能拥有一切,最终什么也没有得到。

阅读思考

1. 写出下列词语的反义词。

恭顺_____   阻挡_____   聪颖_____

败露_____   技高一筹_____   必死无疑_____

声名鹊起_____   相提并论_____

2. 写出下列加点字的读音。

后羿( )   逢( )蒙   瞠( )目结舌   倾囊( )相授

3. 逢蒙为什么要杀死后羿?

_____

4. 你在生活中会对人产生嫉妒心理吗?你会怎么克服这种心理呢?试着谈谈嫉妒的危害吧。

_____

玄鸟生商

  帝喾的儿子契生活在商丘一带，他带领那里的百姓过上了安居乐业的生活。很久以后，契的后代商汤开创了商朝，所以契也被商朝尊为始祖。关于他的出生，还有一个美丽的传说呢。

  帝喾的每一任妻子都为世间诞下了圣德的贤能之人，而她们怀孕的经过也非常神奇。其中次妃简狄就是通过"玄鸟"怀孕，生下了商朝始祖。

  相传，简狄是有娀氏的大女儿，她与妹妹建疵一起嫁给帝喾作为妃子。姐妹两人非常漂亮，尤其是简狄，简直美得不可方物，令人难以忘怀，加上她性格可爱，因此很受帝喾喜爱。只是简狄嫁给帝喾后一直没有怀孕，这令她天天愁眉不展。

  帝喾为了缓解她心里的郁结，就带简狄姐妹俩去女娲庙祈福上香。回去的路上，他们正好路过玄丘。玄丘山下有一个玄池，那里的池水有放松身心的作用。建疵为了能让姐姐开心起来，于是百般请求姐姐和自己去那里泡澡。简狄禁不住妹妹的

咬文嚼字

不可方物：指对名物无法识别或无法揣测。也指无可比拟。

读书笔记

软磨硬泡，只好答应了她。

　　玄池中的水确实令简狄心情好转，姐妹两个人就泡在池水中嬉戏打闹，聊天说话。忽然，玄池上空飞来一只燕子，嘴里还叼着一颗鸟蛋。它在池水上空盘旋几圈后，把嘴里的蛋朝水中一扔，接着展翅飞走了。

　　姐妹两个好奇不已，凑近一看，那个蛋竟然是一颗无比美丽的五色彩卵。被彩卵吸引的姐妹二人，竞相上前想把彩卵拿到自己的手中，仔细观赏。结果彩卵被姐姐简狄首先拿到。简狄越看这个五色彩卵越喜欢，简直到了爱不释手的地步，所以很害怕妹妹再次和自己争抢。她思来想去，只有将它藏起来才行。简狄左看右看也没有能藏的地方，最后干脆就把彩卵藏进了自己嘴里。她刚把鸟蛋放到嘴里，妹妹就追了过来。没想到，就在两人追赶打闹时，简狄一不小心把鸟蛋吞了下去。瞬间，她感觉一股暖流充斥全身，肚子里似乎出现了一个崭新的生命。简狄就这样怀孕了。没过多久，她就生下了一个男孩儿，取名为契。

　　契天生聪颖仁厚，在母亲的教导下，逐渐成为一个德才兼备、聪明能干的人。后来他迁居商丘，在那里为当地百姓做了许多好事。为了让百姓的生活越来越好，他每日呕心沥血、兢兢业业，因此深受百姓拥护爱戴。很久很久以后，他的后代子孙商汤灭掉了夏朝，建立了商朝。

咬文嚼字

爱不释手：喜爱得舍不得放下。

名师指津

商汤是一个贤明的君主，他广施仁政，待人宽厚，仁义之名传遍了四方。

拓展阅读

"天命玄鸟,降而生商",这个故事生动地解释了商朝始祖契出生的情景。像这种以神话传说来叙述本民族起源的做法,在古代是十分常见的。

1. 简狄是怎么生下儿子契的?
2. "玄鸟生商"是什么意思?玄鸟指的是什么鸟?

商汤灭夏

夏朝后期,暴君夏桀宠信奸佞,迫害贤臣,暴虐无道,肆意压榨百姓。商汤把这一切都看在眼里,立志要推翻夏桀的统治。经过近二十年的准备,商汤召集军队举行隆重的誓师大会,正式起兵伐夏。商军在鸣条之野与夏军展开一场会战,最终商汤大胜,建立商朝,延续了四百多年的夏王朝彻底灭亡。

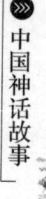

后稷教稼

名师导读

　　帝喾的另一个儿子弃是周朝的始祖，他带领人们发展农耕，凭借自己的智慧、勤劳、无私和善良，让人们从饥饿中解脱，进一步推动了华夏农业文化的发展。

　　后稷本名叫姬弃，是天帝帝喾与有邰氏之女姜嫄的儿子。后稷的一生都带着神奇的色彩，不仅出生与众不同，他的成长历程也非常传奇。

　　<u>后稷幼年时就和其他孩子很不同，当别的孩子在一起玩耍嬉闹时，他已经开始对作物的种植很感兴趣了</u>。那时候人们对农耕还不是那么熟悉，主要的食物来源还是以打猎、采野果为主，所以经常吃不饱饭。后稷也经常受到饥饿的困扰，所以他对食物的生产有了兴趣。

　　小小年纪的后稷经常会去田野里观察树木植被的生长，日积月累，还真让他发现了一些神奇的植物，比如麻和豆子。聪明的后稷觉得这两种植物肯定很有用，于是就将它们的种子收集起来，种在了一片肥沃的土地上。

名师指津

后稷一出生就和常人不同，相传他还是个婴儿的时候就会走路，而且个子长得飞快。

读书笔记

从此以后,他每天都细心浇水、除草、施肥,看着这些植物长大、开花、结出果实。等到了秋天,他收获了大量的豆和麻籽,以它们为原料做出来的食物既美味又饱腹。附近的村民听说小后稷种出了食物,纷纷赶过来也想学习。后稷大方地将自己的种植经验分享给村民们。慢慢地,附近的村庄也全都种上了豆和麻,人们都吃上了美味的食物。

后稷看见自己竟然能帮人们吃上丰盛的食物,非常开心。从此以后,他为了能帮助更多的人,对农耕的研究更加用心了。长大后,后稷通过亲自到田地里耕作总结了许多经验,用来帮助人们更好地耕作。他给人们讲解如何辨别土质,什么样的土质种什么样的粮食;指导人们选择优质的粮食种子,辨识野草;教人们如何帮助这些粮食脱粒,并且加工成可以吃的熟食;除了大豆和麻,他还帮助人们种植了黍、稷等其他种类的粮食。后稷亲力亲为教导人们粮食的种植和耕作技巧,在他的努力下,附近的百姓年年都丰收,再也没有饿过肚子。

咬文嚼字

亲力亲为:不依靠他人,自己亲自做。

尧帝听说后,将后稷封为"农师",掌管天下农业事务,教导万民稼穑(sè)。后稷任职期间,勤勤恳恳、任劳任怨,一心将自己所掌握的全部农业耕作技术普及到华夏大地的每一个角落,让每一个人都有粮食种,有饭吃。舜继位后,为了表彰他的不世之功,把他的出生地赏给他,作为他的封地。

后稷凭借智慧、辛劳、无私和善良,让人们从饥饿中解脱,进一步推动了华夏农业文化的发展。人们为了铭记后稷的奉献精神,奉后稷为"谷神",并用"社稷"代表国家。

拓展阅读

名师点拨

后稷教民耕种,拯救民众免受饥荒之苦,因此深受人们爱戴。后来,后稷的子子孙孙不断在他的封地发展、传承,成为实力强大的周人,并最终建立起了周王朝。

1. 按偏旁写汉字。

   禾　稷、稼、_____

   饣　饥、饿、_____

   耒　耕、耘、_____

2. 阅读故事,思考并回答下面的问题。

   (1) 后稷为什么要教会人们耕种?
   _____

   (2) 后稷教稼解决了什么问题?
   _____

3. 如果可能的话,亲自去田地里观察一下农民伯伯是怎么干活儿的。

贤明的君主尧

 名师导读

说起帝喾的儿子,最为人熟知的应该是尧。尧作为五帝之一,在位期间勤政爱民、知人善用,仁义之名传遍了天下,他也因此成为后世帝王的楷模。

帝喾有许多能力出众、品德高尚的孩子。其中有一个孩子,因为他的贤德和贡献而被华夏子民永世称颂,他就是尧。

尧是帝喾与第三个妻子庆都的孩子,后来受委派担任人间的帝王。尧任职期间,事必躬亲,日昃不食,并且心心念念的全是百姓。他自己生活极其简单朴素,既没有华美的衣裳,也没有巍峨的宫殿,穿的是粗布麻衣,吃的是野菜,住的更是下雨时会漏水的茅草屋。但他丝毫不在意,反而时时关心百姓有没有饭吃,有没有好屋子住。

那时候,虽然家家都种粮食,但没有一个共同的历法能够参照。因此什么时候插秧,什么时候收割,全凭感觉,所以时常出错。尧知道后,立刻与臣子们商讨,决定依据日月星辰的规律,制定历法,让百姓们可以依据历法种植。

咬文嚼字

日昃(zè)不食:太阳已偏西还不吃饭。形容专心致志,勤勉不懈。

于是他命羲氏与和氏带领族里的众人，分别去往东、南、西、北四个方向，分别观察太阳的升起、落下，以及一天的运行情况，从而定下春分、夏至、秋分、冬至。随后，尧还规定一年的天数是三百六十六天，每三年有一个闰月，从而来调整历法与四季之间的关系。从此以后，人们就根据这个历法耕作，农时误差减少了许多。历法的出现也让农耕文化有了飞跃性的发展。

当时，所谓的"国家"其实就是部落之间的联盟，所以不仅松散，而且难以管理，百姓的问题也得不到及时解决。<u>尧任职后，开始系统地建立国家制度，并且开始按职责来分配官职。尧的这次改革使国家的管理更加规范，百姓的问题能更快解决。</u>尧还非常重视任用贤才。他任职期间之所以能国泰民安，离不开这些贤能之人的帮助。他常常亲自深入到山林、市井中细细寻访，拜见贤士，请他们协助自己。因此

名师指津

尧在位时期我国历史上第一次建立系统的国家政治制度，为后世国家的诞生奠定了基础。

尧当政时期政治清明、臣民和谐。

尧最让人称道的就是他爱民如子。他时常去民间，探访百姓的安乐与疾苦，一旦发现百姓生活得不好，就会日夜自省，并且想办法让问题即刻解决。为了能时时听到百姓的心声，尧还在自己的草屋前设置了一面大鼓。任何人只要有什么对国家治理有益的想法和建议，就可以击打这面鼓。尧一旦听到鼓声，就会亲自接见，并且用心地听取所有意见，尧给这面鼓取名"欲谏之鼓"。他害怕百姓找不到茅屋的路，就在各部落的交通枢纽埋下一根棍子，叫"诽谤之木"，旁边派人看守。百姓有任何问题或者想法，就可以到诽谤之木告诉看守人，然后由看守人带领到尧的面前。欲谏之鼓和诽谤之木的设立，果真让尧及时听到了民众的心声，了解了更多的真实情况，从而也能尽快解决问题。

正是尧这种亲力亲为、严于律己的态度，以及爱民如子、实施仁政的品性，让百姓对他无比尊敬和爱戴。因此，在尧治理国家期间，出现了物阜(fù)民安、政通人和的盛世景象。

读书笔记

咬文嚼字

诽谤(fěi bàng)：无中生有，说人坏话，毁人名誉；诬蔑。

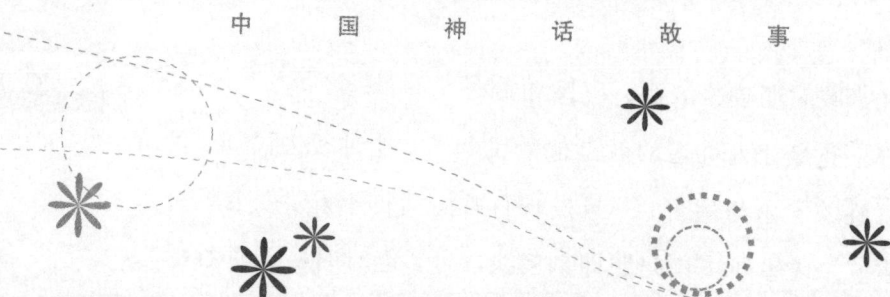

拓展阅读

名师点拨

帝尧制定了历法,建立了初步的国家系统,并且爱民如子,时刻将百姓的安危放在首位。因此,他成为我国古代历史上好君主的典范,世世代代受人尊敬和爱戴。

阅读思考

1. 写出下列多音字的读音并组词。

种 {　　(　　) / 　　(　　)}　　散 {　　(　　) / 　　(　　)}　　分 {　　(　　) / 　　(　　)}

调 {　　(　　) / 　　(　　)}　　省 {　　(　　) / 　　(　　)}　　盛 {　　(　　) / 　　(　　)}

2. 帝尧都为人民做了哪些事?你能列举一些吗?

_____

_____

皋陶与神羊

尧做国君的时候，把国家管理得井井有条，农业、手工业、法律、音乐、教育，都有固定的专人管理，这些管理者都是当时那一行的专家。法官皋陶就是这些贤臣中的佼佼者。

尧治理下的国家之所以能四海昌明、百姓富足，除了尧励精图治、以德治国之外，也离不开他手下那些贤良臣子的共同努力。尧手下有许多极具才能和品行高尚的人，为他掌管刑法的皋陶就是不得不提的一位。

皋陶以正直而举世闻名。他为人刚正不阿，赏罚分明，执法严格，却又刑教并施。面对那些犯法的人，他首先做的不是用刑罚压制他们，而是问清楚原因，然后从思想上教育他们；如果对方冥顽不灵，才会实施刑罚。皋陶始终认为教育是第一，律法是辅助。他执法严格，从不滥用刑罚，始终坚持尽可能从轻处理，不要牵连无辜，并且推崇论功行赏。因此，在他掌管刑法期间，极少出现冤假错案。

皋陶能取得如此高的成就，其实还与他身边一个神秘的

> **咬文嚼字**
> 刚正不阿（ē）：刚强正直，不阿谀奉迎。

读书笔记

名师指津

尧听说一个牧民羊群里的一只母羊生下了一只独角羊,能识忠奸、辨正邪,便把它赐给了皋陶,用于断案。

法宝有关。这个法宝就是一头奇怪的"山羊"。<u>这头"山羊"名叫獬豸(xiè zhì),是一只神兽。它的样貌很像山羊,全身长满黑毛,双眼炯炯有神,体态刚健。最特别的是它只有一只角,獬豸的这只角有辨是非、明忠奸的能力。</u>只要被它的角顶的人,一定行为不端,内心奸恶。

因此,皋陶每次遇到难以辨别的案件时,就会让神兽獬豸来帮忙辨明。獬豸用角顶向的一方就判有罪。有了獬豸的存在,谁也不敢再做触犯律法的事了。每一个人都严于律己,遵守国法,用善意对待他人。

皋陶心存天下大义,獬豸能明辨忠奸,在他们的共同治理下,再也没有疑难冤案发生。从此,一个路不拾遗、夜不闭户的和平盛世诞生了。

中 国 神 话 故 事

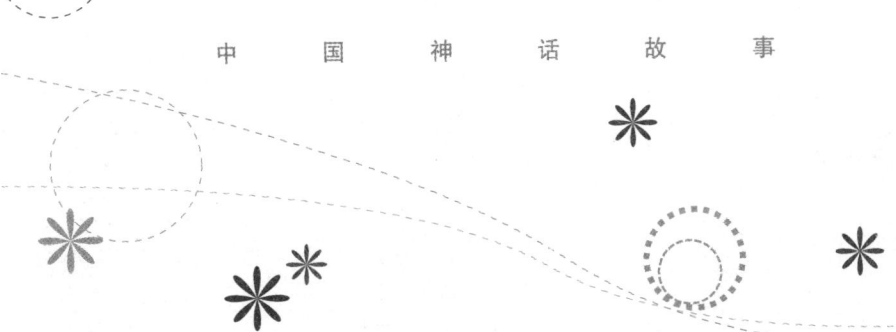

拓展阅读

名师点拨

皋陶是尧帝时期掌管刑法的官员,以正直闻名天下,被奉为"中国司法鼻祖"。他和神羊的神话也反映了最初司法制度的起源和远古人类对法律的基本认知。

阅读思考

1. 下列加点字的读音对吗?如果不对,请改正。

   皋陶(táo)(　　　)　　獬豸(zhì)(　　　)

   刚正不阿(ā)(　　　)　　炯(jiōng)炯有神(　　　)

2. 照样子写出包含反义词的成语。

   赏罚分明　_____

   明辨忠奸　_____

3. 皋陶的神羊长什么样?试着根据文中的描述画一画吧。

尧制棋教子

尧是一个好君主，在他的治理下，国家日渐强大，百姓的生活也越来越好。可他的儿子丹朱却整天不务正业，在外游荡。为了教导儿子，尧发明了一种棋。

传说，尧一统中原各部落，建立了国家。在他仁德的治理下，国家强大，四海升平，百姓的生活富足而幸福。然而，国家虽然强大了，尧还是忧心不已，而他忧心的对象正是自己的大儿子丹朱。丹朱自小就聪慧伶俐，不管学什么都能一学就会，因此尧非常喜欢这个孩子。或许就是因为尧过于喜欢丹朱，反而造成了丹朱骄纵的性格。由于他太聪明了，学习东西很快，因此对任何事情都提不起兴趣。丹朱长大后逐渐变得性格暴躁，冲动鲁莽。遇到让他不开心的事，就拉帮结派，打架逞凶；利用身份压迫百姓为自己做事，只要自己开心，不顾百姓是否陷入困境。

尧看见丹朱如此不学无术、凶恶暴虐，十分头疼，但他

名师指津

当时人间洪水成灾，尧忙着治理洪水，丹朱却成天坐船到处游玩，只图自己玩儿得痛快。

尧制棋教子

始终认为丹朱只是缺乏引导。他觉得要想让丹朱拥有仁善之心，就必须先让他把性格变得沉稳一些，而专注地投入到一件事当中是个不错的选择。

尧经过日夜苦想，终于想到一个办法。尧行军打仗时发明了一种石子棋，在地上横竖画上十几个方格，两个人各拿一把石子，然后轮流各下一子，直到一方赢得胜利。如果下棋者想要获胜，就必须细细考虑每一步，就像打仗一样需要排兵布阵。尧常用这种方法思考战略，讲解战术。

尧在石子棋的基础上进行改良后，就将下棋的方法详细讲解给丹朱。丹朱第一次看见这些东西，顿时就被吸引了，于是目不转睛地听着父亲的讲解，很有耐心地询问下棋的注意事项，慢慢投入进到下棋的世界中来。

就这样，一连几天丹朱都没四处闲逛，日日在家中认真下棋，研究棋局。看到顽劣的丹朱一心痴迷下棋，再也

咬文嚼字

排兵布阵：指排列队伍，摆列战斗阵势。亦引申为安排、布置事情。

读书笔记

没有惹事,尧和妻子非常欣慰。尧对妻子说:"我所发明出的棋,既包含治理国家的方法,也有行军打仗的谋略,同时在棋盘中还包含日月星辰、天地万物自有的规律。丹朱如果能好好参悟,明白其中蕴含的道理,一心向善,就能接替我成为一国之主啊。"

然而,丹朱实在是太聪明了,仅仅下了几天,他的棋艺就已经赶超身边人,身边已经没有人是他的对手了。所以,当丹朱还没有从棋局中悟到道理时,就已经开始对下棋失去兴趣了。加上丹朱身边不怀好意的人在他耳边煽风点火,最终丹朱也认为,下棋根本没有以前随心所欲的日子有意思。于是,他很快又恢复了以前的样子,甚至变本加厉,连父亲尧的帝位也惦记起来。

咬文嚼字

煽(shān)风点火:比喻鼓动别人做某种事(多指坏的)。

尧这下对丹朱彻底失望了,下令将丹朱永远流放到南方。随后,尧遍访大江南北寻找贤士,最终找到了舜。舜称帝后,依然用尧所发明的棋教导自己的孩子,教给他们为人和治国的道理。

尧所发明的"棋"就是围棋的前身。<u>虽然尧没能用棋引导丹朱向善,却为后人留下了宝贵的遗产——围棋。从此以后,一代代的华夏子孙通过围棋汲取智慧,磨砺意志,陶冶情操,了解世间的道理,并且几千年来经久不息,传遍世界。</u>

名师指津

围棋起源于中国,蕴含着中华文化的丰富内涵,是中国文化与文明的体现。

中 国 神 话 故 事

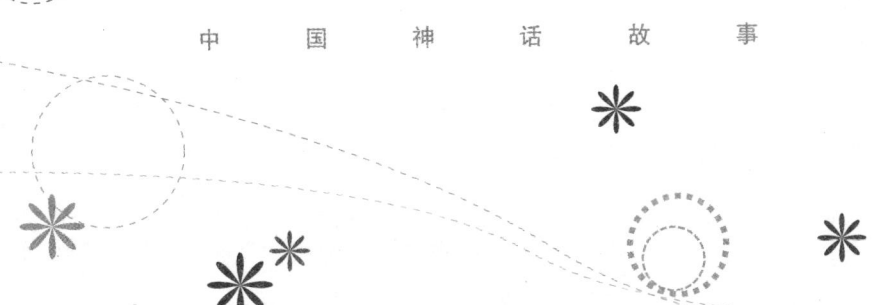

拓展阅读

名师点拨

尧制作围棋引导儿子,用心良苦,丹朱却没有领会父亲的一片苦心,落得悲剧收场。但围棋却代代流传下来,成为我国传统文化的重要组成部分。

阅读思考

1. 尧为什么想要用棋来教导丹朱?
2. 你认为丹朱最终没有学好的原因是什么?

围 棋

围棋是起源于我国的一种古老的棋类,对中国人有着十分深刻的影响。直到今天,我们仍爱用"世事如棋"来比喻那些难以预料的事情。围棋棋盘是方格形状的,棋子有黑白两色,棋盘上有纵横19条线段,组成361个交叉点,棋子轮流走在交叉点上,最终以围地多的一方为获胜者。

丹朱化鸟

丹朱不肯听从父亲尧的教导,被尧流放到南方。可他仍不吸取教训,反而变本加厉,联合当地小国准备攻打中原,最终战败而死,灵魂化为了一只鸟。

尧制棋引导丹朱失败后,丹朱又继续任意妄为,为祸百姓。他不仅和自己的兄弟打架生事,还让百姓在刚发过大水的陆地上为他拉船行走,甚至经常和那些酒肉朋友一起欺压百姓。尧知道后,认为丹朱已经完全没有能力继承重任,治理天下。于是,尧遍访民间,找到了贤明的舜,准备将帝位禅让给舜。

但尧心里很清楚,依照丹朱的性格,肯定会不服自己的决定,到时候很可能起兵闹事。为了天下的安定,尧只能下令将丹朱发配到南方丹水做一名没有实权的诸侯。

当时,南方丹水附近有一个小国家叫三苗。丹朱被流放到丹水后,竟然慢慢和三苗的国王有了很好的交情。丹朱由

名师指津

三苗是传说中黄帝至尧舜禹时代的华夏部落名,主要分布在长江中游以南一带。

于被自己的父亲放逐，心中满怀怨气和不忿，所以常常在这个国王面前诉苦。久而久之，三苗的国王就开始同情丹朱的处境，也认为尧的处置确实有些不公平。

后来，舜辅助尧处理政务时赏罚分明，有勇有谋，而且对待百姓既贤明又有仁心，因此得到了臣子和百姓的一致拥护。于是尧就将帝位禅让给舜。舜继位的消息传遍全国，世间万民都交口称赞尧的仁德和贤明，可身处南方的丹朱却彻底愤怒了。他恨父亲对自己的疏远，也恨舜比自己得人心，于是，他在三苗国国王的帮助下，准备杀回中原，夺回帝位。

三苗国虽然处在南方，而且和中原相比国土不大，人口不多，但他们打起仗来，勇猛无敌，无往不利；此外三苗国还有一个秘密的法宝：当时丹水当中有一种鱼，它全身的鳞甲都是红色的，在水里游动时闪动的红光就像火焰一样。将这种鱼捕捞后，用它们的血涂在脚底，在水面上行走简直是如履平地。有了这样法宝，丹朱的军队更是如虎添翼了。

咬文嚼字

如虎添翼：像老虎长上了翅膀，形容强大的得到援助后更加强大，也形容凶恶的得到援助后更加凶恶。

尧在中原得知丹朱集结兵力准备攻打中原的消息，勃然大怒，他不顾舜和大臣的劝阻，立刻集结兵力，亲自率兵，前往南方平叛。

三苗国的军队虽然骁勇，善于水上作战，但在陆地作战的经验还是欠缺；而且他们虽然勇猛，却缺乏智谋。尧则久经沙场，作战经验非常丰富。尧首先攻打的就是三苗国军队的弱项——陆军。尧的部队在尧的英明带领下，很快就将三苗国的陆军打得溃不成军，再也不能配合水军共同作战。随即，尧又运用智慧和谋略，将三苗水军彻底歼灭。这次叛乱以丹朱的惨败而告终。

读书笔记

丹朱知道大势已去，只好带着残余的三苗族人，在尧的追赶下一直逃到南海边，很快就被尧的大军团团围住。丹朱不甘心就这样投降服输，于是拼尽全力战斗。最终，他还是在尧的面前，战死了。

丹朱死后，灵魂变成了一只鸟，模样很像猫头鹰，但脚和爪子却很像人的手。它的嘴里一直发出"朱朱"的声音，声调低沉哀怨，像是不甘心死去，所以不断呼喊自己名字一样。曾经追随丹朱的人以及他的子孙存活下来后，就一直聚集在南海生活，逐渐形成了一个小国家，名叫罐朱国。

丹朱本来有机会改变自己的命运，却因为执迷不悟，最终死于自己的骄傲、暴虐和任意妄为。他的失败，正是因为缺少一颗贤德之心。

咬文嚼字

执迷不悟：坚持错误而不觉悟。

中国神话故事

拓展阅读

丹朱身为尧帝的儿子，本来可以继承帝位，成就一番大事业，却因为知错不改，一错再错，最终死于自己的任性妄为之下。丹朱虽然可怜，但他的结局也是咎由自取，怪不得别人。

1. 学成语，填一填。

成语"任意妄为"的意思是_____，它的近义词是_____，它的反义词是_____。

成语"勃然大怒"的意思是_____，它的近义词是_____，它的反义词是_____。

我能写出和"有勇有谋"格式相同的成语：

如火如荼_____

2. 每个人都会犯错误，犯错误并不可怕，可怕的是不去改正。对比文中丹朱的做法，谈谈你对改正错误的理解。

_____

_____

舜的诞生

尧渐渐老了,决定找一个贤能的年轻人来接替他的职位。他把四方部落的首领召集起来共同商议这件事,首领们一致推举了舜。关于舜的诞生,也有一个神奇的故事。

上古贤帝舜的出生充满了神奇的色彩。传说远古时期,有一对儿恩爱有加的夫妻,丈夫叫瞽(gǔ)叟,双目失明,但他既勤劳又能吃苦;妻子握登氏贤惠能干,把家里打理得井井有条。这对儿夫妻住在一个山脚下,过着平凡简单的日子。两个人相敬如宾,生活幸福,唯一的缺憾就是一直没有孩子。

一天,握登氏正在田地里耕种,忽然看见一道七色彩虹高悬上空。她心里突然生出一种奇怪的感觉,觉得自己好像怀孕了,而且这个孩子将会在姚墟生下。

瞽叟也在一个夜晚做了一个奇怪的梦。梦中有一只硕大无比、羽翼五彩的凤凰,口中衔着一粒米前来喂他,并且告诉他,自己是来投胎做他儿子的。果不其然,握登氏很快就

咬文嚼字

相敬如宾:形容夫妻互相尊敬像对待宾客一样。

怀孕了。

　　孩子降生那天，风和日丽，碧空万里。美丽的凤凰落在屋顶，威严的麒麟走入庭院，似乎都在等待这个孩子出生。伴随着一声啼哭，舜诞生了。

　　舜的长相很奇特，尤其是一双眼睛，全都长着两个瞳孔，于是他还有一个名字叫"重华"。

　　舜从小就拥有过人的才智，能过目不忘，因此得到了许多夸赞。父母也尽自己所能，让舜读书识字，教给他做人的道理，让舜度过了一段幸福的童年。可惜，他的母亲握登氏早早因病去世了。瞽叟又娶了一位妻子，并生下了象。从此以后，舜受尽这对儿母子的折磨。但他不仅没有怨恨他们，反而对继母百般孝顺，对弟弟照顾有加。

　　只是舜的家庭实在太贫穷了，加上继母确实容不下他，舜就单独搬了出去，住在茅草屋中。为了生活，他到历山上耕种，到雷泽捕鱼，到黄河之滨制陶器，凭借勤恳的工作越过越好。<u>舜在劳作过程中还不断用自己的言行与品德感染着别人，所以，只要他劳作过的地方，人们都过得富裕而幸福。</u>

名师指津

舜所到之处，周围的人都纷纷夸赞舜，他的名声也渐渐传开了。

中 国 神 话 故 事

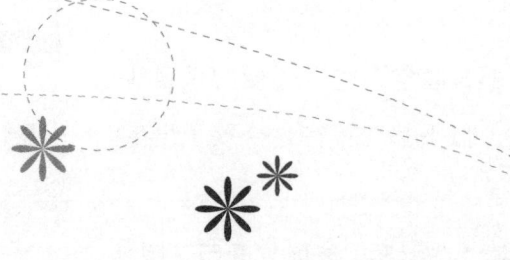

拓展阅读

　　舜不仅出生时充满了神奇的色彩,而且从小聪明懂事,对待家人仁爱宽厚。他的这些美好品质,为他以后成为一代贤君奠定了基础。

阅读思考

1. 写出下列字词的读音,并解释它们的意思。

瞽(　)叟(　)_____

墟(　)_____

瞳(　)孔_____

麒(　)麟(　)_____

2. 阅读故事,思考并回答下面的问题。

(1)舜是怎么出生的?

_____

(2)舜生活在一个什么样的家庭里?

_____

象谋害舜

 **名师导读**

舜的贤能和仁爱感染了别人,却引来了弟弟象的嫉妒。于是,象几次三番设计想要谋害舜,但都被舜成功化解了。最终,舜的家人还是被他的宽厚包容打动了。

舜很小的时候,母亲就去世了。他双目失明的父亲瞽叟为了能有人照顾自己的生活起居,没过多久就又娶了一位妻子。舜的继母在舜小的时候就很不喜欢他,处处针对他。瞽叟又被妻子整天挑拨,慢慢也对自己这个亲生儿子非常厌恶。等舜的弟弟象长大后,这一家人对舜的憎恨变本加厉,想方设法将舜赶出了家。但舜不仅不怨恨他们,反而孝顺爹娘,关爱弟弟妹妹,从来没有一点儿报复的想法。

舜用自己优秀的德行感染着身边的每一个人,所以不论舜走到哪里,四面八方的人都会追随着他的脚步,学习他的本事,效仿他的品德。人们对舜的赞扬声此起彼伏,慢慢就传到了尧帝的耳中。当时尧正在寻觅合适的继承人,他听说

咬文嚼字

此起彼伏:这里起来,那里落下,形容连续不断。

舜这个年轻人品行高尚,就打算先将自己的两个女儿嫁给舜,借这个机会深入探查舜是不是真的言行一致。

就这样,舜不仅娶了两个温柔能干的妻子,还成为了天子的女婿。一时间赞誉和嫉妒纷至沓来,但他丝毫不受这些眼光和评价的影响。舜依旧每天到田里耕地劳作,帮助他人,孝顺双亲。尧的两个女儿娥皇和女英也没有一点儿骄纵和傲慢,她们嫁给舜后,每天粗布麻衣,过着简朴的生活,不仅与舜一起劳作,对待舜的父母和弟弟妹妹也尽心尽力,谦卑恭顺。

舜简单朴素的生活,孝顺双亲的德行,加上他还经常为尧献计献策,因此很受尧的赏识。尧赐予舜一件细葛布衣和一把琴;帮助他修建仓库,用来贮藏米粮;另外还赠给舜一些牛羊,以此表彰他的能力和品德。

舜的继母把这一切都看在眼里,更迫不及待地想杀掉舜,然后将他的家产夺过来给自己的儿子。至于舜的弟弟象,为人狡诈阴狠,当他看见自己的两位嫂子貌美如花,立刻就想把她们占为己有。瞽叟在妻子和象的挑唆蛊惑下也成了帮凶,他们三个人私下合谋,要一起杀死舜。

一天,瞽叟到田地里告诉舜,谷仓的仓顶破了,让他第二天去修补。瞽叟的话刚一说完,舜立刻就答应下来。送走父亲后,舜就回去告诉自己的两位妻子,说:"父亲家谷仓仓顶破损了,父亲让我前去修补。"

娥皇和女英非常聪明,觉得这可能是瞽叟和象他们想要谋害舜。但她们也知道舜是很孝顺的人,即便知道父亲想杀他,但只要瞽叟开口,舜就一定会办到。于是她们就说:"那

明天就去吧,只是一定要记得带上两个斗笠。"

第二天,舜就带着两个斗笠,爬到仓顶开始修补。没想到舜刚一上房顶,象就把梯子移走,瞽叟则将整个谷仓点着了。火苗趁着风势,瞬间就变成了熊熊烈火,没一会儿整个仓库陷入火海之中。舜站在仓顶,周围全是灼人的火苗,根本避无可避。而象、瞽叟和继母站在仓底,看着陷入绝境的舜,竟然无比兴奋。

正陷入绝望的舜突然想起妻子的叮嘱。<u>他急忙左右手各拿一个斗笠,然后从仓顶往下一跳。接着神奇的事发生了,舜竟然幻化成了一只大鸟,两个斗笠成了他的一对儿翅膀。舜展开双翼,冲破了熊熊的大火,在众人惊讶的目光中逐渐远去。</u>

象看此计失败,并没有就此罢手,反而又想出了一个狠毒的计划。瞽叟随后来到舜的住处,先假意关心舜有没有事,然后说上次谷仓着火都是象的主意,希望他别介意。紧接着瞽叟跟他说家里的井被堵住了,希望舜能帮自己挖通。舜赶忙劝慰父亲,说自己根本不怪他们,并且答应第二天帮他去挖井。瞽叟走后,娥皇和女英感觉事情没那么简单,所以她们让舜连夜去那口井里挖一条通道。舜虽然觉得父亲他们不会那么狠心,但还是依照妻子的话做了。

第二天,舜刚一下到井底准备工作,象和瞽叟就将硕大的石头、泥土一筐一筐地往井底倾倒,似乎根本听不到舜的呼救声。随着石头、泥土越倒越多,舜的声音也逐渐被掩埋,最终消声匿迹。当泥土连井口都盖住后,象的母亲还不忘使劲将土踩实。

名师指津

还有一种说法是娥皇和女英为舜准备了一套五彩鸟纹衣服,危急时刻,舜凭借鸟纹衣服化成大鸟从火光中飞了出来。

象和瞽叟他们以为奸计得逞，舜已经被活埋在井底。三个人欣喜若狂地一路跑到舜家，准备瓜分舜的家产。象洋洋自得地说："活埋的主意是我出的，所以我是大功臣，家产应该由我来分。"接着还很大方地说："牛羊、谷仓这些我也不要，都给爹娘。我只要两个漂亮的嫂子，还有尧赐给舜的那把琴。"

随后，象就在屋里随意摆弄那把琴。就在他玩得不亦乐乎时，那个本该被活埋的舜竟然活生生地从外面走了进来，全身上下没有一点儿伤痕。这下，倒是象又害怕又尴尬。但象最大的优点就是脸皮厚，下一秒他就换上一副悲伤的模样，说："哥哥啊！我恰巧正在想念你呢，想得我心都疼了。"舜冷笑了一下，回道："那还真是谢谢你，你真是我的好兄弟啊！"象自讨没趣，灰溜溜地走了。

原来，泥土和石块一倾倒下来，舜就已经从自己所挖的密道逃了出去，所以毫发无伤。娥皇和女英看见自己的夫君没事，安下心来，三个人抱在一起喜极而泣。

对舜已经恨之入骨的象根本不想放过他，所以他又想出了一条毒计。他先让父亲瞽叟以道歉的名义，请舜来喝酒，然后准备趁舜酒醉时杀了他。让他没想到的是，舜在临走前，两位妻子为他调制了特殊的药浴，舜浸泡后可以千杯不醉。所以，不管象他们灌舜喝多少酒，舜都能一饮而尽，最终还无比清醒。酒宴到最后，反而是瞽叟三人烂醉如泥，舜则大摇大摆地回家了。

然而，就算家人数次想置舜于死地，舜还是没有怨恨他们，反而对他们越来越好，越来越体贴。等舜执政后，依然

咬文嚼字

自讨没趣：做事不得当，反使自己难堪窘迫。

没有利用权势来惩罚父母和弟弟。他对待父亲和继母一如当初，事事恭顺，关爱有加。更令人难以相信的是，他不计前嫌原谅了象，还封他去管理有庳（bì）。当时有庳地区生活着三苗族人。舜希望象好好治理当地，拉近中原部落联盟与三苗部落的关系。

象终于被舜的宽容打动了，从此他改正缺点和恶习，努力管理有庳的政务，促进了中原部落与三苗部落的交流和发展。<u>传说，象还根据对有庳的管理，发明了"象棋"。</u>

舜面对愚昧的父亲、嚣张的继母、狠毒的弟弟始终没有一点儿怨恨的心理，反而努力与他们和睦相处。不管家人如何伤害自己，舜对父母始终孝顺万分，对弟弟妹妹多方爱护，并且用自己的行为感动他们，引导他们走回正路。舜的这份德行，不仅打动了家人，也打动了千千万万的华夏子民。舜宽厚、孝顺的精神值得世代传承。

读书笔记

名师指津

象棋也是中国传统棋类，有着十分悠久的历史。

中国神话故事

拓展阅读

 名师点拨

舜对家人始终没有怨恨,他的表现得到了大家的称赞。后来,尧将帝位禅让给了舜。舜即位后,推行仁政,广开言路,在他的治理下,各氏族部落进入了一段祥和繁荣的时期。

 阅读思考

1. 象是怎么谋害舜的,舜又是怎么化解的?
2. 舜为什么会对家人一直包容爱护?说说你的理解。

拓展延伸

湘妃竹

舜帝晚年时,在九嶷山与恶龙搏斗而死。娥皇和女英得知消息悲痛万分,一直哭了九天九夜,眼中有血泪流出也没能停下。她们的眼泪洒在身边的竹子上,将竹身也染上了斑斑泪痕。最后,她们擦干眼泪,纵身跳进了滚滚湘江之中。后人感念娥皇和女英的忠贞不二,将她们称为"湘妃"。而九嶷山上那些被血泪染过的竹子,就被称为"湘妃竹"了。

敤首作画

 名师导读

敤首又名嫘，是中国历史上有记载的最早的以画入史的画家，是中国画祖，故又称画嫘。她是象的同母妹妹，却几次保护舜不受象的迫害。她的善良和聪慧体现在绘画里，使画作有了灵魂，有了艺术性。

敤（kě）首是舜同父异母的妹妹，她的亲哥哥就是傲慢恶劣的象。敤首小的时候有些刁蛮任性，因此也常常跟随象和母亲欺负舜，用尽各种手段伤害自己的大哥，并且以此为乐。

后来，舜娶了娥皇和女英，还受到了帝尧的赏识。敤首也和哥哥他们一样，以为舜一定会加倍报复自己，所以当舜回家时，她害怕得瑟瑟发抖。没想到舜依然如之前那样，恭顺有礼地对待爹娘，宽和地对待象。娥皇和女英两位嫂子则温柔地安慰她，亲昵地和她谈论生活中的大小事情，就像对亲妹妹一样。看着善良的大哥和嫂子，敤首终于悔悟，痛改前非。

咬文嚼字

瑟瑟发抖：指因寒冷或害怕而不停地哆嗦。

读书笔记

　　从那以后，她对父母和哥哥象总是用奸诈的手段谋害舜的行为越发讨厌。但凭她自己又无法阻止他们，所以每次都偷偷探听哥哥和母亲有什么计划，然后悄悄将他们的计划告诉两位嫂子。所以，舜才能屡次逃脱，大难不死。

　　敤首不仅知错就改，还特别聪慧，有一双灵巧的手。敤首在绘画上非常有天赋。很小的时候，她就将手沾满植物的汁液，然后在墙上、门上，以及一切能画画儿的地方又涂又抹，不一会儿，一个个生动的动物就跃然于眼前。

　　敤首长大后，更加痴迷于绘画。每次有人打猎回来，敤首就会在墙上将野兽的模样以及捕猎时的场景，用手画下来。她所绘制的图画和之前人们画的完全不同，每幅画儿不只是单纯地描绘和记事，而是形象逼真生动，仿佛每一只野兽都会从墙上活过来，每一个人都能从墙上走出来。

　　<u>正因为敤首在绘画中加入了美感和感情，才真正开启了我国绘画的大门，敤首也因此被称为中国绘画始祖。</u>

名师指津

绘画作为一种艺术形式，历史十分悠久，真实起源已不可考。

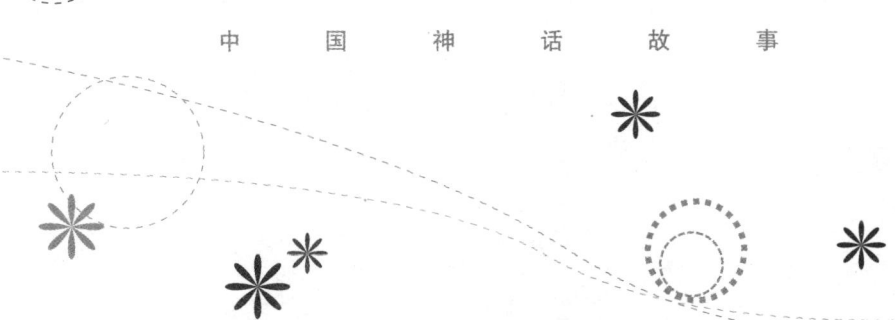

拓展阅读

名师点拨

在敤首之前,人们虽然也画画儿,但主要是为了记事,都是一些简单的雏形画,没有什么艺术性。敤首将自己的情感注入画作中,才让绘画成为一种重要的艺术门类。

阅读思考

你会画画儿吗?你认为一幅好的画儿应该具备什么特点?在下面空白处画一幅自己喜欢的画儿吧。

鲧窃息壤

上古时期,洪水一直频繁发生,鲧冒险治理洪水。关于鲧治水的故事,最耳熟能详的就是他去天帝那里盗取息壤的故事。在神话传说中,鲧并不是一个凡人,而是一位天神,是一个悲剧色彩浓厚的治水英雄。

上古时期,由于共工将天柱不周山撞断,导致天河倾泻,河水流向人间,从此无数人深受洪水的折磨。人们因为洪水失去家园,难以生存。

人类面对强大的自然灾害毫无办法,只能苦苦祈求上天帮助他们平息洪水。然而,天帝却认为,这次灾难是人类必然要面对的,只能依靠人类自己渡过,神是不能插手的,因此并没有满足人类的祈求。

当时,天上还有一位神,他一直默默地看着人间高山流水,四季更迭,人类安居乐业,繁衍生息,很为人们感到高兴,这位神的名字叫鲧(gǔn)。但从天河倾泻,洪水肆虐那

鲧窃息壤

咬文嚼字
流离失所:到处流浪,没有安身的地方。

天开始,百姓流离失所,食不果腹,路边到处是饿死、病死的人,当初幸福和乐的尘世已经变成野兽横行的地狱。鲧看到这一切,比谁都要痛心和难过,他非常同情人类,希望能帮助他们。所以当天帝明令禁止任何天神帮助人间后,鲧还是决定冒险帮助人间治理洪水。

可到底用什么方法治理呢?鲧忽然想到天帝身边有一样宝物——"息壤"。它虽然只有一小块儿,但只要它接触陆地,就能够生长不息,永不耗减。如果用它去堵住洪水,不就能带百姓解决困难吗?不过,息壤是天帝重要的宝物,没有天帝的允许谁也不能私自去拿,一旦窃取息壤的事被天帝发现,肯定会受到重罚。

鲧想起尘世间的人类还生活在水深火热中,就完全顾不上自己的安危了。他在神鸟的引领、神龟的帮助下,历经千辛万苦终于拿到了息壤。接着,鲧就马不停蹄地奔向人间。

名师指津
相传息壤藏在昆仑山上,途中有一个湖和一座火焰山,多亏神龟驮他渡过湖,神鸟带他飞过火焰山,他才拿到了息壤。

息壤不愧是神物,当鲧刚把息壤放在陆地上,它就开始延伸,生长,蔓延。片刻之间,息壤就长得万丈高,绵延数千米。息壤不断地生长,洪水终于被死死地堵住了。人们看着逐渐露出的陆地,开心极了。他们欢呼雀跃,一边准备重新盖房、种地,迎接新生活,一边感谢鲧的帮助。

眼看着大地开始恢复生机,人类也有了生存下去的希望,鲧心里十分欣慰。然而,正当鲧看洪水的治理已经有了一定成效,准备进一步将洪水彻底堵死时,私自窃取息壤的事情却败露了。天帝因为他的举动勃然大怒,亲自来到人间要将息壤收走,并且要将鲧斩杀,以儆效尤。

鲧既不害怕也不后悔,只是不断请求天帝,为了天下百

读书笔记

咬文嚼字

哀鸿遍野：形容到处都是呻吟呼号、流离失所的灾民的悲惨景象。

姓，等洪水彻底治好再收走宝物。但天帝已经因为鲧违抗自己的命令，私自帮助人类而怒不可遏，因此根本不理会鲧的请求，立刻就将铺满大地的息壤全部收走。

息壤刚一收走，洪水就排山倒海地再次肆虐人间，人们又一次死伤无数，一瞬间哀鸿遍野，尘世再度回归地狱。鲧也因为盗取息壤、私下凡间的罪名被火神祝融斩杀。

或许是因为人间灾难还没彻底解决，心系人类的鲧放心不下，所以他的尸身三年都没腐烂，并用自己的精魄孕育了他的儿子大禹。三年后的一天，大禹从他的腹中诞生。

鲧没能治好大水，最终还牺牲了自己的生命，但他善良、正直的品德，心怀天下苍生、勇于反抗强权的精神，让他成为华夏大地上被永远传颂的英雄。鲧治理洪水的意志也没有随着他的死亡而消失，反而随着禹的诞生被延续下去。

中国神话故事

拓展阅读

名师点拨

鲧没能治好洪水，最终还牺牲了自己的生命。鲧治洪水的神话故事，也从一个侧面反映出远古时期人们与大自然抗争的勇气与信心。

阅读思考

1. 照示例填成语。

千辛万苦　　千（ ）万（ ）　　千（ ）万（ ）　　千（ ）万（ ）
天罗地网　　天（ ）地（ ）　　天（ ）地（ ）　　天（ ）地（ ）
大材小用　　大（ ）小（ ）　　大（ ）小（ ）　　大（ ）小（ ）
风（ ）雨（ ）　　日（ ）月（ ）　　生（ ）死（ ）
水（ ）火（ ）　　古（ ）今（ ）　　东（ ）西（ ）

2. 鲧是怎么拿到息壤的？你认为他治水失败的原因是什么？

3. 古今中外有不少关于大洪水的神话传说，找来读一读，并比较其中的异同。

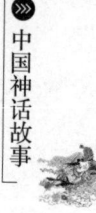

大禹治水

名师导读

大禹是我国上古传说中的治水英雄,他是鲧的儿子。为了治理洪水,他三过家门而不入,他的这种忘我的精神,正是我们中华民族最可贵的品质。

传说,鲧盗窃息壤被天帝所杀后,尸体三年不腐,最终孕育出了大禹。由于鲧治水失败,因此大禹幼年那段时间,人们还深陷在洪水的灾难中。大禹是看着人类在灾难中艰难求生而慢慢长大的。

成年后的大禹为人谦和,做事认真,而且很有能力,最关键的是和他的父亲一样富有同情心。他看着百姓被洪水摧毁家园,流离失所,甚至丧失生存权利,悲痛不已。所以他继承了父亲治水的遗愿,暗暗下决心,一定要让人们脱离苦难,重新回到丰衣足食的时代。于是,大禹登天面见天帝,向他禀告了自己治理大水的意愿。

此时,天帝也觉得人间洪水肆虐太久,如果再不治理恐

咬文嚼字

丰衣足食:形容生活富裕。

怕会造成难以挽回的后果，所以就同意了大禹的请求，命他务必治好洪水，并且派能用尾巴划地指向的应龙，以及能驮息壤堵水的神龟辅助他，还主动将息壤交给大禹，希望对治理洪水有所帮助。大禹欣喜地收下了天帝的这份礼物，回到人间着手准备治理水患。

大禹回到人间，经过日思夜想，终于找出了一个切实可行的治水方法。他吸取了父亲治水的经验，认为一味靠"堵"是无法根除水患的，应该以"疏"为主，以"堵"为辅。于是他决定带领民众一起开挖河道，引水入海。

但这个工程量实在太大，谁也不知道要花费多久的时间。不过为了让百姓安居乐业，给后世子孙留一片沃土，这项工程必须做。那时，大禹刚刚成亲没几天，但他毅然拜别妻子，踏上了漫长而艰苦的治水之路。

大禹每天餐风露宿，翻过无数高山，踏过无数河流，无论再偏僻的乡间，再险峻的地域都有他的足迹。他认真探查，研究各处河道存在的问题，与众人一起日夜研讨合适的治水方法，从没有一刻松懈。他时刻将准绳、规矩带在身上，走到哪儿就量到哪儿。

当大禹决定在某处开挖河道时，应龙就会用尾巴在地上划出一道线，给他们指明挖河道的方向。随后，大禹就会和民众一起沿着这道线挖土搬石，埋头苦干。挖河道期间，他天天和民众吃在一起，住在一起。当面对难以攻克的困难时，大禹会不断激励他们，带着他们一起克服困难。大禹深知人们团结一致的力量才是治理大水的根本，因此他每到一个地方治水时，就号召当地百姓加入，对他们体贴入微，没有丝毫

名师指津

聪明的大禹集思广益，总结父亲鲧治水失败的原因，最后发现只有疏导才是治理洪水最有效的方法。

咬文嚼字

餐风露宿：形容旅途或野外生活的艰苦。

怠（dài）慢。

大禹在治水过程中一直亲力亲为，无私无畏，从来不敢懈怠。他一心扑在治水工作中，每一个环节都全力以赴。他这样的精神，不仅感动了无数百姓，更让众多天神愿意助他一臂之力。相传，黄河水神河伯就曾赠给大禹一部《河图》。《河图》中详细描绘了黄河上上下下的水情。大禹得到《河图》后如获至宝，日夜研究，最终使黄河的水患很快得到了治理。

大禹为了治水付出了自己的全部，治水期间他的吃穿用度比百姓还差，将所有财物都投入到了治水工程当中。除此之外，大禹为了能尽快治好水患，甚至三次路过自己的家，都狠下心没进去看自己妻子和孩子一眼。

大禹不仅心怀苍生，甘于奉献，还非常有智慧。水患严重复杂，为了能有效治理，大禹就根据整体山川的分布，将治理分成了三部分。第一部分，先将中原地区分成九个州，

名师指津

这是大禹治水中发生的故事，他的这种大公无私的精神受到了民众的赞扬，被传为美谈，至今仍为人们所传颂。

然后根据九州的地质情况来挖渠疏通，或者用息壤堵塞。第二部分，以各大山川为主进行治理，疏通水道，避免山路被水淹没。第三部分才是治理河川，疏通水脉。

历经整整十三年，大禹在神兽、法宝和百姓共同的帮助下，加上对地理山川的了解，终于让这场声势浩大、旷日持久，并且危害无数生灵的洪水停下了怒吼声，安静而平缓地向大海的方向流去。往日被大水淹没的陆地、高山、农田都显露了出来，人类和洪水的这次对抗，在大禹的领导下，终于是人类赢得了胜利。

从那以后，树木生长，花草芬芳，大地重新焕发了生机。人类也在这片土地上又一次耕种劳作，建屋造房，繁衍生息，过上了幸福安定的生活。百姓为了感念大禹伟大的功绩，尊他为"禹神"，世代为他供奉香火。

大禹的功绩不单单是成功治理水患，他在治水当中所显现的呕心沥血、舍己为公的精神，同样应该被我们永远铭记。

读书笔记

咬文嚼字
旷日持久：多费时日，拖得很久。

咬文嚼字
呕心沥血：形容费尽心血。

中 国 神 话 故 事

拓展阅读

 名师点拨

　　大禹经历了常人难以想象的磨难，驯服了滔天洪水，使人们安居乐业，为中华民族的生存和发展做出了巨大的贡献。大禹治水精神是中华民族精神的源头和象征。

阅读思考

1. 汉字中有很多三点水偏旁的字，你能写出一些并组词吗？

河（河流）　　__（　　）　　__（　　）　　__（　　）

__（　　）　　__（　　）　　__（　　）　　__（　　）

2. 试着写一写带"水"字的成语。

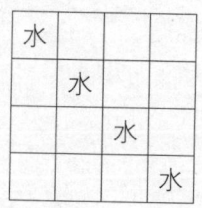

3. 大禹是用什么方法治理洪水的？你认为他成功的原因是什么？

禹凿龙门

大禹治水十几载,足迹遍布大江南北,到处都留下了他的传说,禹凿龙门便是其中一个世代相传的经典故事。相传大禹在治水的过程中被龙门山挡住了去路,便凿开了这座山。

大禹在治理洪水的过程中,遇到过许多难以想象的艰难险阻,其中"龙门"就是最难的一关。当时,大禹正在治理黄河上游的水患,他凭借应龙的引导,正沿路开凿水道,疏通洪水。如果顺利,就能将黄河流域的大水引入大海,从而平息水患。

可是众人挖到半路,工程就被迫停止了。因为前面被一座巍峨险峻的高山挡住了去路。这座高山被当地人称作"龙门山"。传说,因为这座山高耸入云,急速流动的河水通过峡谷后,瞬间就会被它阻挡,湍急的河水前赴后继地击打着高山,河水的怒吼声随着波浪汹涌起伏。由于山的两边全是悬崖峭壁,它不仅拦住了河水,鱼也被阻拦在这里,根本过不

咬文嚼字

高耸入云:高高地直立,直入云端。形容建筑物、山峰等高峻挺拔。

读书笔记

名师指津

传说中鲤鱼只要跃过龙门，就能化身成龙，有"鲤鱼跳龙门"的说法。

去。所以传说每年都会有许多逆水上行的鱼游到这里后，费尽全力向上跳跃，试图跃过高山。只有极少数的鱼能跳过去，跳过去的一刹那就能化为神龙，腾云而去。所以这里才被称为"龙门山"。

　　现在，这座龙门山阻截了河水的去路，使河水越积越高，因此两岸灾民无数。更关键的是，大禹疏通水道的路，也被它严严实实地挡住了。要想将黄河沿线的洪水疏导至大海，就必须经过龙门山。所以不管它再高，哪怕它是一座神山，大禹都下定决心，非凿开不可。

　　大家真正地开凿后，才发现现实比他们想象的难上百倍。以他们简陋的工具，凿龙门山一块石头都很费劲，更何况是要凿开整座山，所以开凿龙门山的进度一直停滞不前。

　　然而，面对眼前这个似乎难以完成的任务，大禹从没有一刻想过放弃。因为治水不是为了自己，他身后是百姓的安危，是父亲治理水患的遗愿，所以他绝不能被一座山轻易打败。于是他仔细勘探龙门山的地质情况，反复进行测量和计算，终于找出整座山最适宜开凿的地方。大禹亲自带着民众，不分炎热酷暑、刮风下雨，在河里天天劈、日日凿。通过坚持不懈的努力，终于劈开了巍峨的龙门山。沿着劈开的山门，大水倾泻而下，奔流向东。至此，黄河畅通无阻，很久都没有再发生过较大的洪水。

　　正是因为大禹的持之以恒，才凿开了龙门山，让黄河沿岸的百姓从此告别灾难，重新开始幸福安康的生活。时至今日，那座被大禹劈开的龙门山依旧耸立在黄土大地上，山下川流不息的河水似乎还在传颂着大禹坚持不懈的精神。

咬文嚼字

持之以恒：长久地坚持下去。

中国神话故事

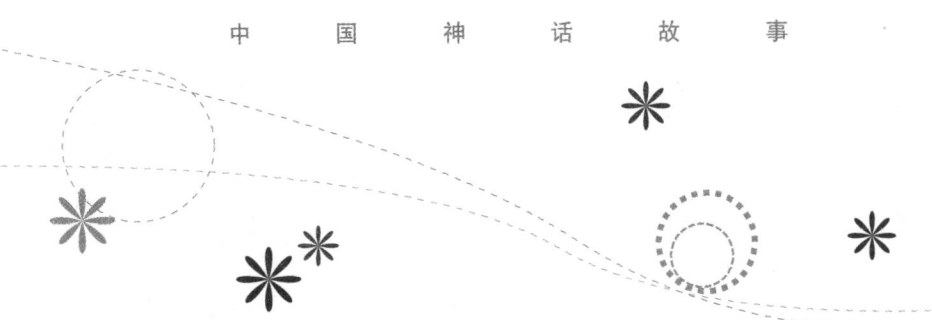

拓展阅读

名师点拨

　　大禹凿开龙门山的传说，也许有所夸大，但这也从一个侧面反映出大禹治水的艰辛。而大禹为了治水付出的努力和坚持不懈的精神，也随着神话代代流传下来，激励着后人。

阅读思考

1. 给下面的字换偏旁，并组词。

涌　通（通过）　＿（　　）　＿（　　）

疏　＿（　　）　＿（　　）　＿（　　）

洪　＿（　　）　＿（　　）　＿（　　）

2. 汉语中有些词语的韵母是一样的，称为"叠韵词"，比如文中的"汹涌"。你还能找出一些这样的例子吗？

徘徊　＿＿＿＿　＿＿＿＿　＿＿＿＿　＿＿＿＿

3. 大禹治水的过程中还发生过什么样的故事？试着找一些读一读吧。

＿＿＿＿＿＿＿＿＿＿＿＿＿＿＿＿＿＿＿＿＿＿＿

＿＿＿＿＿＿＿＿＿＿＿＿＿＿＿＿＿＿＿＿＿＿＿

禹与涂山氏

名师导读

涂山氏是上古神话中大禹妻子的氏族。大禹在治水途中遇到了涂山氏女子女娇，两人互生情愫，最终结成夫妻，演绎了一段浪漫的爱情故事。

上古时期，天河倾泻，洪水肆虐人间。大禹为了天下黎民的安危，决心治理水患。为此，他开始调研、查访，寻找合适的治理水患的方法。

大禹为了治水大业一直东奔西跑，殚精竭虑，几乎倾尽全力，以至于到了三十岁还没有娶妻生子。因为治水之事多而繁杂，他也就没在这件事上投入太多的时间和精力。

一次，大禹在途经涂山调研全国水利问题时，忽然想到自己年已三十，青春快要逝去，却仍未成家，不由得烦闷又苦恼。他觉得自己到了这个年岁，上天应该有什么启示了吧？忽然，大禹眼前竟然出现了一只全身雪白，灵气逼人的九尾灵狐。大禹惊讶不已，他想起涂山有一个口耳相传的说法，

咬文嚼字

殚（dān）精竭虑：用尽精力，费尽心思。

九尾白狐出现，说明将有帝王降世，或家宅平安。大禹觉得，自己能碰到灵狐，定是寓意好事将近，大概离成亲也就不远了。因此，大禹越想越觉得开心。

果然，没过多久，大禹就结识了涂山氏族的女子女娇。女娇温柔美丽，善解人意，既能持家也能做事，非常贤惠。大禹倾慕女娇的聪慧，女娇钦佩大禹的品格，两个人两情相悦，很快就在台桑成亲，成为一对儿夫妻。

然而，两人刚成亲没多久，大禹为了黎民百姓的生存，只能暂时放下儿女私情，准备出发治水。两人虽然正值新婚，无比恩爱，但女娇知道大禹平生的志向，于是忍下心中的不舍送他离去。

大禹一开始治水，就将全部时间和精力投入其中，连回家看望妻子的时间都没有。女娇独自守在家中，天天盼，日日望，也看不到大禹回家的身影。她只能靠在门旁，长长地哀叹着："候人兮猗！"寒来暑往，年复一年，女娇终于忍受不了这种寂寞，她也害怕大禹独自在外对自己变心。于是她冲破世俗的观念，不顾一切，主动去寻找自己的丈夫大禹。

大禹见到女娇既惊讶又心疼，于是让她赶紧离开。女娇却说要和大禹一起治水，大禹在外疏通水道、勘察水利，她就在家做饭、洗衣，给百姓们补衣缝鞋，再也不和大禹分开了。从此，大禹的身影在哪里，女娇便跟随到哪里，两个人相依相伴，再不分离。

名师指津

女娇的这首歌只有四个字："候人兮猗！"意思是等你。后人称为《候人歌》。这也是我国有史可查的第一首恋歌。

中国神话故事

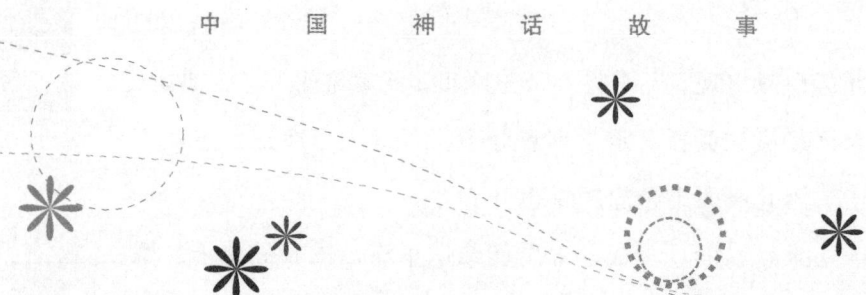

拓展阅读

　　大禹为了治水在外奔波十几年,应该很少有时间能放在儿女情长上。这个美丽的传说反映了人们对大禹的感激之情,也寄托了人们希望大禹能过上幸福生活的美好祝愿。

阅读思考

1. 照样子写成语。

含有方位的成语:东奔西跑、_____

含有近义词的成语:殚精竭虑、_____

2. 古人有很多描写美好爱情的诗歌,读一读下面这首汉乐府民歌《上邪》,感受其中的思想感情。

上　邪

　　上邪!

　　我欲与君相知,长命无绝衰。

　　山无陵,江水为竭,

　　冬雷震震,夏雨雪,天地合,

　　乃敢与君绝!

化石生启

名师导读

大禹的儿子名为启,是我国古代有文字记载的第一个王朝——夏朝的建立者。启是一个真实的历史人物,但在神话传说中,启的出生也充满了神奇的色彩。

女娇跟随大禹一起治水后,每天大禹上山开通水路,女娇就为他送饭,两个人夫唱妇随、鹣鲽情深。没过多久,女娇就怀孕了,两个人的感情更加深厚。

有一段时间,大禹为了能引洛水进入黄河水道,一直在外带领民众为打通轩辕山而努力,所以很长时间都没下山回家。女娇唯一见自己丈夫的时间,就是每天为他送饭的时候。轩辕山山石坚硬,必须采取特殊的方法开凿。大禹天生就有神力,所以,他每次等民众都下山后,就幻化成一只巨熊,用神力开凿轩辕山。

女娇那时候天天为大禹送饭,大禹很担心自己变成大熊的样子惊吓到妻子。于是,一次女娇送完饭后,他告诉女娇:

咬文嚼字

鹣鲽(jiān dié):比喻恩爱的夫妻。

读书笔记

咬文嚼字

相安无事：指相处没有冲突。

"每次到了吃饭时间，当你听到山上有鼓声响时，再来为我送饭，没听到就不要上山。"女娇微笑着答应了。从那以后，女娇每次只有听到鼓声时才去送饭，一切相安无事。

然而，就在轩辕山被开通的那天，悲剧还是发生了。那天，大禹像往常一样变成巨熊，使出神力击打山体，最终将轩辕山打通。洛河之水就从此处流入黄河水道，朝着大海的方向奔腾而去。正当大禹欣慰不已时，身后突然传来惊叫声。大禹一回头，就看见女娇站在身后，满脸惊恐地看着自己。

原来，大禹开凿时的力量太大，有几块石头不小心掉落在了鼓上，从而击打出声音。山下的女娇听到鼓声，以为大禹饿了让自己送饭，所以赶忙上山。没想到她在山上没看到大禹，反而看到一只巨大无比的熊，她这才明白自己的丈夫竟然是一只大熊。女娇既害怕又羞愧，转身就向山下跑。大禹看到妻子被自己惊吓到，也急忙追上去，想向妻子解释，但情急之下忘了恢复原样。女娇一直跑到嵩山山下才停下来。等她转头一看，巨熊还在她身后，而且即将向她扑来。此时的女娇竟然因为过于惊恐，瞬间变成了一块石头。大禹看到自己温柔贤惠的妻子就这样变成了冷冰冰的石头，悲痛不已。他一边因为妻子再也回不来而痛哭流涕，一边想起妻子还怀着孩子，于是抱着石头说："把我的孩子还给我吧！"石头似乎感知到他的悲伤和难过，于是应声而裂，一个正在啼哭的孩子从石头里诞生了，他就是"启"。

名师指津

禹死后，启继承王位，以世袭制代替了禅让制，父死子继的家天下制度正式开始。

后来，大禹带着启走遍大江南北，治理水患。洪水治好后，大禹受到天下百姓和诸侯的拥戴，继承了舜的帝位。<u>大禹死后，由儿子启即位，从此开启了"世袭制"时代。</u>

拓展阅读

名师点拨

中国的神话大多产生于上古时期。启建立夏朝，表明华夏文明懵懂的上古神话与历史交缠不清的时期结束了。当然，在之后的时间里，人们仍然创造了不少传说故事。

阅读思考

1. 女娇为什么会变成一块石头？
2. 启是怎么出生的？

拓展延伸

夏后启

启即位后，立刻召集各部落首领在钧台（今河南禹县）举行盟会，宣布自己担任领袖职务，定都阳翟，正式建立起中国历史上第一个"家天下"的王朝——夏朝。夏氏族原姓姒，但从启开始改用国名"夏"为姓，且以"后"来代表最高王位的称号，因此启也被称为"夏后启"或"夏启"。

哪吒闹海

哪吒闹海是我国家喻户晓的神话故事，哪吒天真烂漫的形象，和他不畏强权、勇于抗争的精神，历来深受人们喜爱。有关哪吒的故事也因此衍生出许多不同的版本。

名师指津

李靖是古代神话中的神仙，在凡间曾任陈塘关的镇关总兵。因为他左手常托着一座黄金玲珑宝塔，所以被称为"托塔李天王"。

很久以前，名将李靖在陈塘关当总兵，那时他的妻子殷夫人已经为他生下金吒、木吒两个优秀的儿子。在他担任总兵时，殷夫人正怀着第三个孩子。但这个孩子十分怪异，因为殷夫人整整怀了他三年多。

直到三年六个月时，这个孩子总算出生了。然而，守在屋外的李靖最先听到的不是孩子的啼哭，而是众人的惊叫声。他立刻推门闯进屋里，环顾一圈儿没发现婴儿，只在地上的木盆里发现了一个奇怪的大肉球。李靖当即认为这个肉球是个妖怪，于是拔出自己的佩剑，一剑就向肉球砍了下去。紧接着，耳边传来东西裂开的声音，随后一道白光从肉球中蹦了出来。

哪吒闹海

　　李靖仔细一看，原来蹦出来的是一个白白胖胖的小娃娃。小娃娃的右手上套着一只金镯子，身上还围着一条红绫。小娃娃不哭也不闹，反而睁着大眼睛，笑眯眯地看着李靖。李靖越看这个孩子越喜欢，他放下手中的剑，轻轻抱起孩子，再也不想杀他了。

　　孩子出生的第二天，李靖在家中设宴，款待前来祝贺的宾客。忽然，有一位身穿黄色道袍，仙风道骨的白胡子道士来到家里祝贺。李靖急忙将他请进来，<u>询问后才知道，这位老道名叫太乙真人，这次来就是想见一见他刚出生的幼子</u>。

名师指津
太乙真人是明代小说《封神演义》中创造的人物。

　　李靖命人将孩子抱了出来。没想到孩子刚一见到太乙真人，就跪在了他面前。太乙真人摸着胡子哈哈大笑，对李靖夫妇说，这个孩子本是天神灵珠子转世，他身上所戴的金镯是能让天地动摇的"乾坤圈"，围着的红绫则是能搅动风云的"混天绫"。随后，太乙真人给这个孩子赐名"哪吒"，并收他为徒。

　　李靖还一头雾水时，哪吒已经边磕头边说："师父在上，受徒儿一拜。"等哪吒行完礼后，太乙真人大笑一声，消失得无影无踪。

　　小哪吒就这样在陈塘关的家中慢慢长大。他聪慧淘气，总爱调皮捣蛋，还有一身好功夫，但对谁又都很礼貌，因此整个陈塘关的人都很喜欢他。哪吒就在众人的宠爱下，幸福地成长着。时光如梭，转眼间哪吒就七岁了。这一年的夏天，似乎比往年都要闷热许多。待在家里的哪吒早就烦躁不堪了，在母亲的应允下，哪吒同家将到凉爽的海边去玩儿。

　　海边凉风习习，清凉舒爽的海水，更让哪吒开心不已。

咬文嚼字
习习：形容风轻轻地吹。

中国神话故事

他蹦蹦跳跳地跑到海里，一边用混天绫沾着海水洗澡，一边搅弄着海水玩耍。但贪玩儿的哪吒没想到，混天绫的威力能晃动江河，撼动天地，他只当作平常的手帕，甩着海水边玩儿边洗。哪吒是高兴了，却让这片大海翻起了滔天巨浪，更让海底的龙宫摇晃不止。

名师指津

龙王是中国古代神话传说中在水里统领水族的王，掌管兴云降雨。

这片大海是东海海域，龙宫里居住的正是东海龙王敖广。当哪吒在海面上洗澡玩耍时，身居龙宫里的龙王敖广突然感觉整个龙宫就像地震一样不断左摇右晃，还一直发出巨响，把龙宫里的龙子龙孙们晃得晕头转向。站立不稳的敖广心想，最近也没有发生地震的迹象，大海为什么晃动得这么厉害？敖广急忙让夜叉去海面上一探究竟。

咬文嚼字

凶神恶煞：凶恶的神，后也指凶恶的人。

红发蓝脸的巡海夜叉领旨后，就扛着大斧子，跃出海面查看，看见一个小孩儿正挥动着一条红绸子洗澡玩儿水。夜叉问也不问，便恶声恶气地辱骂哪吒。哪吒看着眼前这个凶神恶煞的夜叉，才明白自己的混天绫给东海造成了影响，于是打算解释道歉。夜叉却二话不说，拿着大斧子就砍向哪吒。哪吒一歪头，一侧身就躲过了。哪吒想继续道歉，可夜叉根本不给他机会，看哪吒躲过了自己的攻击反而更加生气，攻击也更加密集。哪吒无可奈何，为了自保，只好也开始回击。他拿出自己戴在手腕上的乾坤圈，直直地向夜叉扔过去，瞬间就打倒了夜叉。由于乾坤圈的法力太强大，夜叉难以抵挡，直接气绝身亡了。

夜叉死亡的消息很快就传回了龙王那里。龙王听后大发雷霆，认为这是蔑视龙宫的行为。于是他立刻召集兵将，由三太子敖丙亲自挂帅，捉拿这个孩子。龙王三太子带着龙宫

兵将跃出海面，站立在滔天巨浪上，居高临下地看着海面上的哪吒。

龙王三太子身披金甲，手持战戟，高声询问道："你是谁？为什么要杀龙宫夜叉？"哪吒虽然年纪小，但一点儿也不害怕面前众多气势汹汹的敌人，他一字一句向三太子解释说："我是陈塘关李靖的三子哪吒，因为天气炎热，想在海里洗澡去暑，没想到却给东海造成了影响。本来想向那名夜叉解释道歉，可他听都不听就袭击我，为了自保，我才不小心将他打死了。"

然而，龙王三太子敖丙根本不相信，他偏执地认为哪吒就是故意挑衅龙宫，所以气急败坏地举着战戟就向哪吒刺过去。哪吒左右躲闪，处处手下留情，不想与敖丙发生冲突，可敖丙却招招都想要哪吒的命。

最后，哪吒也气愤难耐，又想起龙王经常用洪涝或干旱

咬文嚼字

气势汹汹：形容态度、声势凶猛而嚣张。

中国神话故事

名师指津
相传混天绫能自动捆绑别人，能改变长度，就算被剪断了也能自动恢复。

咬文嚼字
怒不可遏：愤怒得不能抑制，形容愤怒到了极点。

折磨百姓，还常常索要童男童女，再也忍不住怒火，决定要为百姓出头，教训一下这些骄傲自大的家伙。<u>随即，他展开七尺混天绫，用手一抖，混天绫瞬间变成一团赤色大火，接着将三太子整个裹了进去。</u>哪吒趁三太子被大火围困，难以逃脱时，抢先一步来到他面前，提起乾坤圈就朝三太子的头上打了下去。这下不仅把三太子打死了，更让他现出了原形。哪吒这才发现，三太子敖丙原来是一条龙。哪吒为了震慑龙王，故意当着龙宫兵将的面，骑在三太子的背上，抽出了他的龙筋，径直离去。

龙宫兵将看见三太子被打死抽筋，全都吓得跑回了龙宫，将这个消息告诉了龙王。龙王得知自己的儿子惨死在哪吒的手里，既心痛又愤怒，他发誓一定要找李靖报这个仇。

龙王化作一个中年男子，怒气冲冲地来到陈塘关帅府，见到了李靖。李靖看着眼前这个<u>怒不可遏</u>的男子，疑惑不已。早被愤怒冲昏了头脑的龙王，不分青红皂白就说："李靖，我与你无冤无仇，你竟然让你的儿子搅动我的龙宫，杀我族人夜叉，还打死了我心爱的三太子，更残忍地抽走了他的龙筋。李靖，你说该怎么给我一个交代？"李靖恍然大悟，原来自己面前站着的是东海龙王。他赶忙毕恭毕敬地回答："龙王，我有三个孩子，金吒、木吒正跟随仙人修习，三子哪吒年纪还小，很少出门，更不可能伤害三太子，这其中是不是有什么误会？"

龙王什么也不听，只说罪魁祸首就是哪吒，让李靖将儿子交出来。李靖只好赶紧去后院寻找，当他远远看见哪吒手里正摆弄着一根长长的龙筋时，这才知道哪吒闯下了弥天大

祸。可哪吒听说龙王找上门后，反而无惊无惧，一边安慰父亲，一边跟随父亲去见龙王。

哪吒刚见到龙王，立刻对他行了一个大礼，并且饱含歉意地说："龙王伯父，小侄并不是故意搅动您的龙宫，打死您的儿子。只是我实在不知道混天绫会对东海有这么大的影响，本来我想对您的儿子解释，可他根本听不进去，还一直想杀我。小侄实在是为了自保，一时失手才误杀了您的儿子。"说完将龙筋交还到龙王手上，继续说："现在，我将您儿子的龙筋原封不动地还给您，希望您恕罪。"龙王看着手上的龙筋，想起自己惨死的儿子，更加悲痛，对哪吒的恨意也更重，他恶狠狠地说："你终于承认杀了我的孩子。李靖，你等着，我现在就要集结四海龙王，淹了陈塘关，让全城的百姓因为你的儿子命丧大水。"说完，不等李靖求情，便转身离去了。

龙王回到东海后，立刻召集其他三海的龙王，<u>添油加醋</u>地将哪吒如何杀害三太子，藐视龙宫的事告诉了他们。几位龙王听后全都气得咬牙切齿，发誓一定要惩治李靖和哪吒。第二天，天刚破晓，陈塘关的上空就被乌云遮得密不透光，接着狂风呼啸，电闪雷鸣，遮天蔽日的大水逐渐淹向陈塘关。四海龙王则站在云层上，冷漠地看着百姓们哭喊呼号，不见一点儿怜悯。

城中哀鸿遍野，百姓纷纷跑向将军府，请李靖救命。天空中则是龙王的声声怒吼："李靖，还不赶紧将哪吒交出来！"李靖实在不忍心哪吒小小年纪就失去生命，但他也不能不顾全城百姓。于是他不顾众人阻拦，站在帅府门前，苦求说："龙王，只要你放过陈塘关的百姓，李靖愿意献出自己的性

咬文嚼字

添油加醋：形容叙述事情或转述别人的话时，为了夸张渲染，添上原来没有的内容。

读书笔记

名师指津

虾兵蟹将是古代神话传说里海龙王手下的兵将。

咬文嚼字

打道回府：指回家。打道，封建时代官员外出或返回时，先使差役在前面开路，叫人回避。

命。"李靖话刚说完，已经有虾兵蟹将要来捉拿他。

哪吒眼看父亲就要被抓，连忙高声喊道："慢着！"接着从门后慢慢走到众人身前，对龙王说："龙王，一人做事一人当，你说你到底怎么样才肯放过我父亲和陈塘关的百姓？"

龙王戟指怒目地说："我要你的命！"

哪吒高声回道："好！希望你说到做到。"随后，他转过身朝父亲和母亲磕了三个响头，然后从地上一跃而起，拔出父亲的佩剑，朝脖子上一划，自刎而死。

龙王也算言而有信，看哪吒已经死了，便领着兵将打道回府。此时乌云尽散，大水消退，刺眼的阳光照在帅府前，那里只剩下哪吒小小的尸体，以及悲痛欲绝的李靖夫妇。忽然，白胡子老道太乙真人坐着仙鹤，缓缓落在李靖一家面前。他长叹一声，抱起哪吒的尸体，驾鹤而去。

太乙真人回到仙山后，立刻采了几朵荷花、几片荷叶，以及几段莲藕，依照哪吒的身形摆好，随后一扫拂尘，莲藕变身成哪吒的模样活了过来，而且和真人一样，丝毫看不出莲藕的样子。苏醒的哪吒看见太乙真人后，立刻行礼，拜见自己的师父。从此以后，哪吒就安心跟在太乙真人身边学习仙术。

太乙真人又给了哪吒两件宝贝，火尖枪和风火轮。从此，哪吒的本领更强了。

中国神话故事

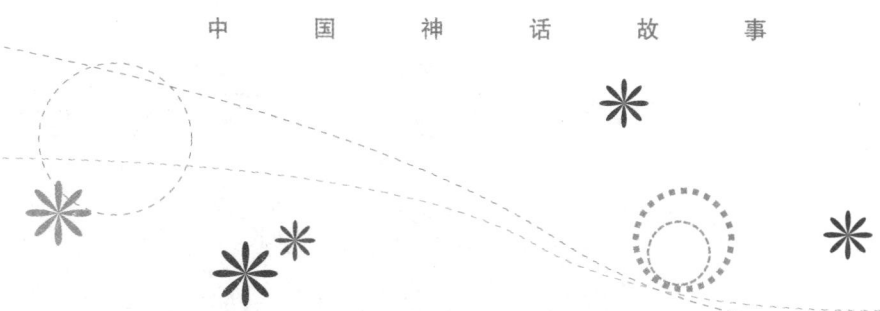

拓展阅读

哪吒勇敢善良、天真正义，他的形象是我国传统文化艺术长廊里经典的艺术形象。他不畏强权，向龙王发出挑战，并且不惧生死，敢于承担，最终成为神话史上独特无双的少年英雄。

阅读思考

1. 写出下列多音字的读音并组词。

将 ┌ ___（　　）
　 └ ___（　　）

挑 ┌ ___（　　）
　 └ ___（　　）

混 ┌ ___（　　）
　 └ ___（　　）

恶 ┌ ___（　　）
　 ├ ___（　　）
　 └ ___（　　）

号 ┌ ___（　　）
　 └ ___（　　）

圈 ┌ ___（　　）
　 └ ___（　　）

2. 哪吒为什么要闹海？你能把这个故事用自己的话讲一讲吗？

_____

_____

中国神话故事

八仙过海

名师导读

八仙是中国民间传说中广为流传的八位神仙,分别为汉钟离、张果老、韩湘子、铁拐李、吕洞宾、何仙姑、蓝采和及曹国舅。关于他们的传说有很多,最著名的就是八仙过海。

名师指津

相传每年农历三月初三是王母诞辰,当天王母大开盛会,以蟠桃为主食,宴请众仙,所以称为蟠桃会。

传说,有一年三月三,王母娘娘在九天之上召开蟠桃盛会,广邀众仙同庆,八仙也应邀前往瑶池参加盛宴。宴席上,八仙和其他众仙开怀饮酒,其乐融融。酒足饭饱后,八仙都有些醉意朦胧了。

蟠桃宴结束后,八仙带着醉意回去时,正好经过广阔无边的东海。吕洞宾看着大浪滔天、气势磅礴(páng bó)的东海,忽然兴奋万分,趁着酒意,对七位仙友说:"早听说东海波澜壮阔、汹涌澎湃,今天亲眼看见,果然这样。我们不如趁这个机会,遨游一次东海怎么样?"众人也非常兴奋,纷纷答应下来。吕洞宾接着说:"不过,咱们既然身为神仙,就不能和凡人一样乘船渡海。这次我们就各显神通,只凭自

己的道法渡海如何？"另外七仙都对自己的道法深信不疑，于是欣然同意。

铁拐李率先将自己的铁拐扔进汹涌的海里，接着飞身落到拐杖上。铁拐瞬间变成了乘风破浪、一往无前的龙舟，载着铁拐李自由穿梭在大浪中。随后是逍遥恣意的汉钟离，他扔出自己硕大的蒲扇，然后晃晃悠悠地轻踏到扇面上，不紧不慢、优哉游哉地紧随铁拐李之后。白胡子张果老则笑眯眯地牵过自己的小毛驴，倒着往驴背上一坐，然后朝空中甩出一鞭，小毛驴叫了一声，抬起蹄子就踏上了海浪，快速跟了上去。韩湘子轻抚心爱的紫金箫，随后缓缓吹奏了一曲。箫声优美动听，连大海都陶醉其中，竟然用海浪包裹着韩湘子，向前走去。清丽淡雅的何仙姑也不甘落后，她将手中的荷花往海中一抛，荷花沾水就变成了磨盘那么大，楚楚动人的何仙姑站在荷花中，随海浪前行。聪明灵动的蓝采和则将身后的花篮扔到水里，等花篮变大他就跳到里面，一边放歌，一边追逐着自己的仙友们。潇洒不羁的吕洞宾则将身后的佩剑向天空一扔，接着乘风踏剑，御剑在海面飞行。

曹国舅看几位仙友都乘着自己的宝器游于东海，他左思右想不知道该怎么渡海。突然，他看见手中所拿的玉板，便灵机一动，将玉板往海里一放，玉板就变得像小舟一样大，他安安稳稳地站了上去，飞速前进，追上了仙友们。

八位神仙各显神通，劈波斩浪，奋勇前进，自由自在地在海浪中遨游。八仙同游东海，立即让东海翻起了滔天巨浪，瞬间搅得龙宫地覆天翻。正在宫中饮酒的龙王被这巨大的晃动震惊了，急忙派巡海的夜叉去海上查看发生了什么事。夜

咬文嚼字

劈波斩浪：船只行进时冲开波浪，比喻排除前进中的困难和障碍。

读书笔记

又经过查实，发现原来是八仙醉酒渡东海。龙王得知后，勃然大怒，认为这是八仙故意羞辱东海，羞辱自己。于是，他摇身变成一条金光闪闪、威武霸气的巨龙，瞬间飞出大海，挡住了八仙的去路。还没等八仙开口解释，气急败坏的龙王就一把抓住蓝采和，将他抓回了龙宫。

蓝采和被抓，让其他七仙愤怒无比。为了救出仙友，他们纷纷使出自己的通天本领，与龙王和虾兵蟹将打得难解难分。最终还是七仙的神力更高一筹，龙王败下阵来。

但东海龙王不仅不认输，反而更加恼怒，发誓一定要让七仙付出代价。东海龙王立刻召集其他三海的龙王，打算集齐四海之力，制伏七仙。四海龙王引来了五湖四海的大水，朝七仙倾泻而去。没想到七仙不仅没有被大水压制，反而从大水中开出了一条路。原来，曹国舅的玉板天生就有避水的能力，大水在玉板面前会自动分开，甚至连浪花都不会溅到。曹国舅怀抱玉板，众仙躲在他身后，即便大水遮天也淹不到七仙。

东海龙王的怒火已经冲天，他决定再次集结四海的兵力，与七仙决一死战。正当双方的战事一触即发时，南海观世音菩萨忽然现身。原来她早已经洞悉了八仙与东海龙王此次的争斗，为了避免双方争斗给人间带来无可挽回的灾难，她是特地前来从中调停的。她刚一出现就制止了两方的战事，让他们将事情的前因后果讲清，终于令双方冰释前嫌，龙王也将蓝采和送了回来。

八仙与龙王和解后，各执宝器，踏浪乘风，继续云游去了。

名师指津

曹国舅在凡间时本是国舅身份，但他不爱荣华富贵，一心求仙。升仙后的曹国舅仍然穿着他的官服，腰系玉带，手持玉板。

中国神话故事

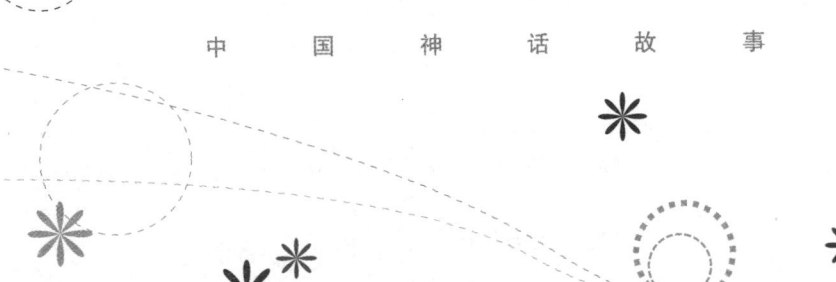

拓展阅读

 名师点拨

　　八仙过海，各显神通。这个传说在我国流传甚广，八仙各凭本事渡过东海，十分精彩。后来，人们常用这个典故比喻各自有一套办法，或各自施展本领，互相竞赛。

 阅读思考

1. 连一连八仙和他们各自的法宝。

汉钟离	铁拐
张果老	蒲扇
韩湘子	毛驴
铁拐李	紫金箫
吕洞宾	荷花
何仙姑	花篮
蓝采和	玉板
曹国舅	佩剑

2. 八仙分别是如何过海的？用自己的话说一说。

钟馗捉鬼

钟馗是中国神话中能打鬼驱邪的神,相传他正气浩然、刚直不阿。古代民间总是挂钟馗的神像来辟邪除灾,钟馗捉鬼的故事更是深入人心,在民间广为流传。

钟馗(kuí)是我国民间传说中的一位捉鬼能手,专门负责驱妖避邪。

据说钟馗是唐朝人。有一次,唐玄宗得了疟疾(nüè jí),整天昏昏沉沉,发着高烧。一天晚上,唐玄宗在昏睡中做了一个怪梦,梦见一个大鬼正在追赶着一个小鬼。小鬼上穿绛红色长衫,下穿短裤,一只脚穿着袜子,另一只脚却光着。他偷偷地拿走了杨贵妃的紫香囊和自己的玉笛,绕着殿庭奔跑。大鬼脚上穿着一双短筒皮靴,裸露着两只胳膊,紧追着那个小鬼,不肯放松。大鬼追着追着,一把捉住了小鬼,将他活生生地吞到肚子里去了。唐玄宗忍不住问道:"你是什么人?"大鬼回答:"我叫钟馗,因为没有考中武举而自杀了。

咬文嚼字

绛红色:深红色。

我已经立下誓愿,要扫清天下的妖孽。"

唐玄宗醒来以后,恶性疟疾竟然一下子就好了。他感到很奇怪,便把当时的著名画家吴道子叫来,向他说起了这个怪梦,并且让他按照自己梦中的情景将钟馗画出来。吴道子不愧为唐朝名画家,他听了唐玄宗的叙述,立刻画了一幅《钟馗捉鬼图》,画面生动、逼真,跟唐玄宗梦中情景不差分毫,就像自己亲眼所见一般。

此事传开以后,百姓便把钟馗当作了幽都首领,供奉起来,后来逐渐成为风俗。每年年底,几乎家家户户都要准备一幅《钟馗捉鬼图》,悬挂在屋子中,用来驱妖避邪。

名师指津

吴道子,唐朝著名画家,史称"画圣",十分擅长佛道人物绘画。

中 国 神 话 故 事

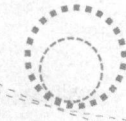

拓展阅读

  对于普通百姓来说，钟馗捉鬼的故事几乎人人熟知。钟馗在民间的影响十分深广，人们将他贴在门前当作门神，或者画成灵符悬在中堂，并由此衍生出形形色色的钟馗传说。

阅读思考

1. 下列加点词的读音对吗？如果不对，请改正。

钟馗（guǐ）（　　）　　　　疟（xuè）疾（　　）

绛（xiáng）红（　　）　　　妖孽（niè）（　　）

2. 写出下列多音字的读音。

裸露（　）　　不差分毫（　）　　不差分毫（　）　　参差不齐（　）

露面（　）　　分内之事（　）　　鬼使神差（　）　　阴错阳差（　）

3. 你还知道钟馗的其他传说吗？能讲一讲吗？

_____

_____

_____

天帝居黄山

名师导读

黄山是我国十大名山之一，相传它原名黟山，后来因为黄帝曾在此炼丹而改名。自古以来，有关黄山的传说有很多，黄山的许多山峰也是因各种传说而得名的。

我国民间一直流传着"五岳归来不看山，黄山归来不看岳"的说法，这不仅仅是因为黄山拥有千峰竞秀、雄险奇峻的奇绝之景，更因为它从很久以前，就被人们认定是天帝和神仙常居之所。所以关于黄山的神秘传说更是比比皆是，经久不衰。

相传很久以前，人们从远处眺望黄山时，它的岩石是青黑色的，山色如黛，所以人们把它叫作黟（yī）山。至于它为什么后来会变成我们熟知的"黄山"，这就和轩辕黄帝息息相关了。

<u>黄帝早年团结中原部落，收复东夷、九黎，一举统一华夏大地</u>，为世间带来了长久的和平。之后，黄帝更加积极发

名师指津
黄帝统治时期大约是距今约四千五百年前的新石器时代晚期。

咬文嚼字
每况愈下：指情况越来越坏。

名师指津
黄山七十二峰中就有以二位大臣命名的浮丘峰、容成峰。

展生产，鼓励农业耕作，创音律，兴医学。通过黄帝兢兢业业、呕心沥血的努力，华夏大地四海升平，人们安居乐业。

然而，世上万事万物有盛必有衰，就连黄帝也不能幸免。日月如梭，即便有许多工作没有完成，黄帝还是无可奈何地迎来了自己的暮年。黄帝的身体每况愈下，导致他处理事务时往往感觉力不从心。然而他还是放不下中原百姓，希望能为华夏大地的子民做更多的事，所以他下定决心炼制长生不老的丹药。于是黄帝召见了大臣浮丘公，让他去寻找适宜炼丹的灵秀之地。

浮丘公领命后，走遍世间的山川大地，历时整整三年，才回到都城拜见黄帝，告诉他关于灵秀之地的消息。他对黄帝说："远在江南一带，有一片连绵群山，上面山石青黑，所以人称黟山。那里环境清幽，灵气汇聚，非常适合炼丹。"<u>黄帝一听，立刻准备妥当，带着大臣浮丘公、容成子和一些随行人员来到了黟山。</u>等看到黟山的景色后，黄帝认为浮丘公所言不虚，就与大家一起建屋垒灶，筑造丹炉，寻找草药。

然而，长生不老药的炼制不是一件简单的事，因为光是草药就很难聚齐。黟山共有七十二座山峰，每座山峰都又奇又险，有的甚至高耸入云，飞鸟难过。即便如此，黄帝依旧亲力亲为，爬上每一座山峰，走遍每一个山谷，亲自采摘草药。中途带的食物吃完了，黄帝就靠山间的野果来维生。因为整个过程实在太苦了，所以仅有黄帝、浮丘公与容成子三人留到了最后。

黄帝几人历尽艰难险阻，终于把炼丹所需的草药全部找到了。可他们还需要大量的水，所以三个人就凭借自己的力量在黟山开凿出了一眼石井。所有东西都准备就绪，黄帝几人才开始炼丹。

没想到，炼丹的途中又出现了问题。因为黄帝三人整整炼制了三年，长生不老的丹药依旧没有炼出来，不仅如此，到最后甚至连柴火都快没有了，丹炉附近也没有能够砍伐的树木。为了能将炼丹继续下去，容成子和浮丘公就决定去远一些的地方找木柴回来，只留下黄帝一人看着丹炉。黟山山高峰险，道路复杂，所以容成子和浮丘公一直迟迟未归。

黄帝把最后的木柴投进火堆中后，只能听天由命地一边看着火苗越来越小，一边期盼容成子他们尽快赶回来。但眼看着火都快熄灭了，黄帝还是连半个人影也没见到。黄帝一想，如果这时候火灭了，那他们付出的所有努力都会付之东流。情急之下，他做出了一个惊人之举：就在火苗熄灭前的一瞬间，他迅速将自己的一条腿放进了火堆中，任凭火舌将他那条腿当作木柴燃烧，而长生不老的丹药也在此时终于炼成。

容成子和浮丘公匆匆赶回后，急忙将黄帝的腿从火堆中救出。不过黄帝并没有因腿伤而悲痛，他一心只为仙丹的炼成而喜悦不已。随后三人就分食丹药，至此脱胎换骨，长生不老，最终羽化登仙。

至于黟山，也因为黄帝在这里建炉炼丹，飞升成仙，最终更名为黄山。从此以后，黄山就伴着黄帝的传说名扬四海，昂然屹立在天地之间。

脱胎换骨：原为道教修炼用语，指修道者得道，就脱凡胎而成圣胎，换凡骨而为仙骨。现在用来比喻彻底改变立场观点。

中国神话故事

拓展阅读

名师点拨

黄帝在我国历史上有着十分崇高的地位,他在黄山升仙的传说,也为这座名山注入了更多的灵气。这美丽的传说与黄山的灵秀奇绝相得益彰,为它更添几分神秘色彩。

阅读思考

1. 黄帝为什么想要长生不老?是为了自己享福吗?
2. 黄帝为什么会选中黄山来作为炼丹的地方?

拓展延伸

黄 山

黄山位于安徽省南部黄山市境内,有七十二峰,素有"三十六大峰,三十六小峰"之称。黄山集八亿年地质史于一身,融峰林地貌、冰川遗迹于一体,兼有花岗岩造型石、花岗岩洞室、泉潭溪瀑等丰富而典型的地质景观,形成了"前山雄伟、后山秀丽"的地貌特征。人们将黄山誉为"天下第一奇山",有"黄山归来不看岳"的说法。

虎跑成泉

 名师导读

在杭州市西南大慈山白鹤峰下的定慧禅寺里，有一眼著名的泉水，泉水晶莹甘冽，称为虎跑泉。关于这眼泉水的来历，还有一个神话传说呢。

虎跑泉位于杭州大慈山定慧禅寺内，虎跑泉的泉水晶莹明澈，清冽甘甜，与寺院内幽静的景色，组成了一幅怡情悦性、陶冶身心的美丽画卷。然而相传很久以前，这座寺院里是没有泉眼的。那么，虎跑泉又是怎么出现的呢？

传说，唐朝以前，杭州大慈山白鹤峰附近的地域缺水少雨，也没有泉水。因此当地连普通百姓都很少，更别提较大的庙宇了。当时，有一个法号叫性空的高僧，在云游四海的途中路过这里。他看白鹤峰的环境清幽雅致，静谧（mì）舒适，因此有意在此地建庙栖禅。经过一番前期探查后，性空就被饮用水缺乏的问题难住了，修筑寺院的计划也只能暂停。

一天深夜，性空正准备睡觉，房门突然被敲响。性空打开

咬文嚼字

云游：到处遨游，行踪无定（多指僧尼、道士）。

门,发现门外是两个精壮的小伙儿,想在这儿借住一晚。性空心善,就将两个人请到了屋里。经过交谈,性空得知这两个小伙子是一对儿兄弟,老大叫大虎,老二叫二虎。两个人也和老虎一样魁梧雄壮,力大无比。两个人一直到处流浪,这次恰巧经过杭州,由于急着赶路才会这么晚投宿。

第二天,这对儿兄弟看到白鹤峰山岚环绕,优美秀丽,心里便萌生了定居下来的想法。他们又听说性空师父打算在这里建庙宇,正因没有水源而为难,就下定决心剃度出家,投身性空门下,以后为性空师父挑水建寺。性空见他们诚心诚意,就收下了二人。

就这样,大虎和二虎每天天没亮就翻山越岭,走到西湖边打水。由于他们二人力气很大,因此打回来的水足够师徒三人平时生活所用。但想要建造一座宏大的寺院,并维持它的运作,仅靠挑水还远远不够。大虎、二虎每天看见师父发愁叹气,也跟着心急如焚。

一天,大虎和二虎偶然想起,他们流浪的时候曾在南岳衡山上遇到过一汪神奇的泉眼,那里的人都叫它童子泉。童子泉的泉水不仅甘甜清澈,更长年不干涸。于是,两个人决定把这眼泉水搬过来。他们一路跋山涉水,经历万千磨难,总算来到了南岳衡山,并且攀登了上去。可他们也因为体力完全透支,几乎连路都走不了。即便如此,大虎、二虎还是相互搀扶着,四处寻找泉水。后来,他们费尽全身的力气,终于找到了童子泉。

兄弟俩性情都很急躁,他俩一看到这眼泉水,就几步蹿了过去,打算把童子泉搬起来。可任凭他俩使出全身的力气,童

咬文嚼字

跋(bá)山涉水:翻越山岭,蹚水过河,形容旅途艰苦。

子泉依旧纹丝不动。最后，反而把他俩累得坐在地上直喘气。

这时，一旁忽然出现了一个小童，看见这种情景忍不住哈哈大笑。大虎、二虎认出这个小童就是守护这眼泉水的仙童，于是赶忙过去请求仙童赐泉。仙童说："这眼泉水你们可以搬走，只不过要想搬走泉水，你们俩就必须变成两只老虎才行。"大虎、二虎毫不迟疑地同意了。童子提醒他们说："你们再好好想想，要知道，变成老虎就再也变不回人了。"

大虎、二虎却说："<u>我们师父需要用水来建寺庙，救众生，大慈山附近的百姓也需要泉水生活。只要能搬走这眼泉水，我们无论做什么都行。</u>"

仙童满意地点点头，接着手拿柳枝，朝二人身上挥枝洒水。水刚溅到二人身上，他们就感觉身体不断膨胀，随后摇身一变，二人果然变成了两只凶猛斑斓的老虎。仙童往其中一只老虎背上一坐，二虎一人就如狂风般呼啸而去。

自从大虎、二虎走后，身居杭州的性空和尚就日夜思念，难以入眠。这一夜，他正打坐冥想，迷迷糊糊中突然看到有两只老虎，从天空盘旋飞下。它们口渴难耐，就在禅房外面刨地挖坑。性空和尚走出禅房查看，果然看见外面有一个巨大的坑穴，里面还有清冽的泉水不断流出。就在这时，性空和尚突然惊醒，他预感到大概是大虎、二虎快回来了。

性空和尚急忙走到禅房外，果然像他梦中所见那样，有两只猛虎正不断刨着土，不一会儿，一个大坑就出现了，接着，两只老虎绕着性空<u>依依不舍</u>地转了一圈，接着长啸一声，腾空而去。

性空知道这两只老虎就是他的两个徒弟，看见他们变成

名师指津

为了附近的百姓，大虎和二虎毫不犹豫地选择牺牲自己，这种精神令人佩服。

咬文嚼字

依依不舍：形容留恋，不忍分离。

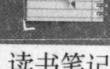

读书笔记

  如今这个模样，性空悲痛不已。就在此时，猛虎所挖的坑里竟然缓缓冒出一汪清泉，泉水绵延不断。

  性空就围绕着这汪清泉，建起了宏伟的寺庙，附近的百姓也不用再为饮水而发愁了。为了纪念自己的两个徒弟，性空就给这眼泉水起名为虎刨泉，后来又改成了虎跑泉。从此以后，虎跑泉就伴随着晨钟暮鼓、阵阵佛声，在杭州大慈山上缓缓流淌起来。

中国神话故事

拓展阅读

名师点拨

虎跑泉的传说不仅为这里增添了几分文化色彩，还颇有佛教的寓意和神秘意味。而大虎和二虎为了求得泉水不惜牺牲生命的奉献精神，也随着虎跑泉的泉水，代代流传下来。

阅读思考

1. 按偏旁写汉字。

忄 怡、悦、_____

足 跑、跋、_____

亻 依、传、_____

2. 下面几种说法，错误的是（   ）

A. 性空想要建造寺庙，却被缺水的问题难住了。

B. 大虎和二虎把童子泉搬了过来，变成了虎跑泉。

C. 大虎和二虎为了搬泉水变成了老虎，后来又变回了人。

D. 虎跑泉原本叫作虎刨泉。

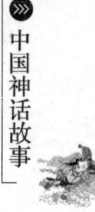

镜泊湖畔红罗女

  红罗女不是仙女，只是一个普普通通的渔家姑娘，但她不畏强权、向往自由、充满智慧的良好品质却深深吸引着大家。红罗女的传说，也让美丽的镜泊湖更令人神往了。

名师指津
牡丹江是松花江右岸最大的支流,位于吉林省东北部和黑龙江省东南部。

  <u>牡丹江上有一座美丽的湖泊，不仅风景秀丽，一碧万顷，一年四季更有不同景象</u>。湖水边还有一个壮观的瀑布，仿若银河倒泻般美丽，这座湖泊就是镜泊湖。与镜泊湖紧密相连的除了美景以外，还有一位美丽的少女，名叫红罗女。

  红罗女原本是居住在镜泊湖旁的一个平凡渔家女。她长得娇俏可人，还吹得一手好箫。每当劳作一天，傍晚休息时，她就会坐在岸边的石头上吹奏起一首又一首优美动听的乐曲，经常一吹就吹到深夜。她的箫声非常动听，悠扬空灵的乐曲常常将水中的鱼儿、林中的雀鸟都吸引过来，它们静静地围着她，倾听着美妙的乐声。后来，甚至连优雅的天鹅和飞翔的大雁都会专门飞来听她的箫曲。天鹅和大雁每次听后，都

 镜泊湖畔红罗女

会感动得为她留下自己美丽的羽毛和长绒,久而久之,渔家女就积攒下了许多。她一针一线地将这些羽毛和长绒编织成了轻盈的纱衬和漂亮的罗裙。她还到山上采摘人参花,用它将罗裙染得像朝阳一般红。

当渔家女将罗裙和纱衬穿上后,简直比世上最美的花还要漂亮,比晚霞还要耀眼,所以人们都称她"红罗女"。

当时有一位国王一直想寻找世间最美的姑娘来做妻子,做这个国家的王后。于是,他立即找到全国最厉害的能工巧匠,为他打造了一面神奇的镜子。这面镜子可以将世间最美的姑娘照进去,并且这个影像不会因为任何原因模糊和消失。宝镜造好了,但派谁去找呢?国王很快就物色到了最适合的人选——一名老道士。这名老道士经常云游四海,见多识广,一定能找到最合适的人。所以国王就将这面镜子交给了他,让他动身寻找。

老道士跋山涉水,见过不少漂亮的女孩儿,但没有一个能被照到镜子里的。一日,他走到了景色宜人的镜泊湖,随后,就看见了坐在岸边,伴着粼粼波光,奏出婉转灵动乐曲的红罗女。老道士顿时被她的美震惊了,赶忙将镜子拿出来朝红罗女一照,她的倩影果然被映照在里面。

老道士非常高兴,上前告诉红罗女说,她被宝镜选中,可以成为国王的妻子。但红罗女既不激动也不开心,反而一脸平静地说:"不管前来求亲的是谁,他都必须回答出世间最宝贵的是什么,我才会嫁给他。不然即便对方权势滔天,家财万贯,也别想娶我。"老道士听完,被红罗女的坚决惊得瞠(chēng)目结舌,结果失手将宝镜掉到了湖中。自此以后,

> **咬文嚼字**
> 粼粼(lín lín): 形容水、石等明净。

读书笔记

咬文嚼字

络绎不绝:(人、马、车、船等)前后相接,连续不断。

名师指津

相信在红罗女心中,爱与自由一定比王位和权势更重要。

原本风浪不息的镜泊湖,就变得风平浪静,水波不兴了。老道士没办法,只好原路返回,将事情回禀给国王。就在这段时间里,找红罗女提亲的人络绎不绝,这当中既有骁勇善战的勇士,也有饱读诗书的书生,更有一掷千金的富商,但无一不被红罗女拒绝。因为当红罗女问他们世间什么最宝贵时,勇士抽剑砍石回答说是武力,书生摇头晃脑认为是诗书和功名,商人拿出算盘说是金银财宝,可这些都不是红罗女心中的答案。所以,他们只好怏怏而去。

国王在老道士的陪伴下,紧赶慢赶总算来到镜泊湖,重新找到了红罗女。红罗女对待国王也没有例外,给他提了相同的问题。国王想也没想,很笃定地说:"世间还有什么比王位更尊贵的呢,最宝贵的自然是王位和权势。"没想到国王自信的回答也被红罗女完全否定。国王这下有些不知所措了,他一边苦苦思索,一边希望红罗女再给他一次机会。但他的希望落空了,因为随后红罗女就到镜泊湖旁的吊水楼上,织着羽锦化成了瀑布,永远都不再开口了。这就是镜泊湖的八景之一"吊水楼瀑布"的来历。

再说国王,他为了想出答案,日复一日地坐在潭水前的石头上苦思冥想。但他想破了脑袋,也不知道世间真正宝贵的是什么。很久以后,老道士早已经羽化而去,国王身边的许多臣子也早已离开,国王自己也垂垂老矣,即将离世。但直到他死去的那天,依旧没想出真正的答案。

岁月流逝,红罗女的这个故事已经非常久远了,但她却给人们留下了无尽的传说和镜泊湖的一大美景。它们和镜泊湖一样,永远闪烁着美丽的光芒,缓缓流淌到每一个人的心里。

中 国 神 话 故 事

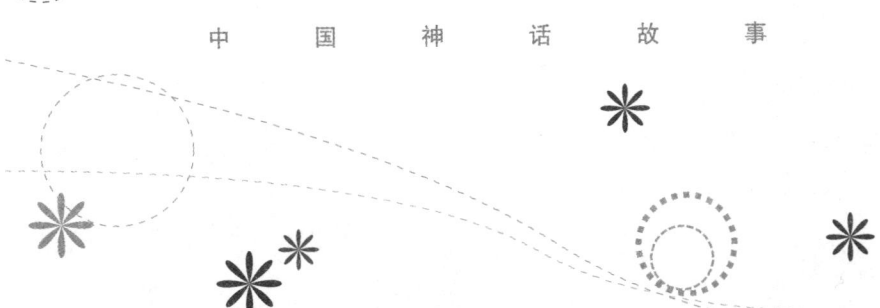

拓展阅读

世间最宝贵的东西是什么，或许每个人的答案都不同。而红罗女的答案，也随着她的离去无人知晓了。但关于她的美丽传说，却伴着镜泊湖流传下来，永远留在了人们心中。

阅读思考

1. 阅读故事，思考并回答下面的问题。

（1）国王是怎么找到红罗女的？

_____

（2）红罗女为什么要拒绝国王的求婚？

_____

2. 读了这个故事，你认为这世界上最宝贵的东西是什么？你的理由又是什么呢？试着在下面的横线上写出你的观点。

_____

_____

_____

_____

沉香救母

名师导读

沉香姓刘，父亲是一个凡人，母亲却是天上的仙女。因为私自下凡，沉香的母亲被压在了华山之下。沉香为救母亲，劈开华山，留下了一段感天动地的传说。

华山的西峰之上矗立着一块参天巨石，奇异的是，这块巨石被拦腰分成了三段，像是被人用巨斧劈过一样，这就是华山奇景"斧劈石"。相传"沉香救母"的故事就发生在这里。

传说，汉代时民间有一位书生名叫刘玺，字彦昌。他样貌清隽，才华横溢，经过一番勤学苦读，终于踏上进京赶考之路。刘玺在赶赴京城的路上，恰好路过高耸入云、危峰兀立的华山。他就借着这个机会，登上华山，一饱眼福。

刘玺一边欣赏着华山的险峻奇峰，一边感叹着天地的<u>鬼斧神工</u>，不知不觉路过一座精美的庙宇。如此山高路陡的大山之上，竟然会有庙宇，这立刻吸引了刘玺。他缓步走进庙里，想看一看庙中供奉着哪位神仙。刘玺一抬头，就看见一

咬文嚼字

鬼斧神工：形容建筑、雕塑等技艺的精巧。

座俊美的女神神像立在眼前。女神秀丽端庄、楚楚动人的样貌和神态，将刘玺深深吸引了，他想，如果能娶她做妻子该多好。

然而，刘玺清楚地知道，他的愿望再怎么强烈，也不会成真，因为眼前美丽的女子不过是一尊毫无生命的塑像。但他又不愿意就这样离开，于是便磨墨提笔，将满腔爱慕的情感全都写在了庙宇的墙壁上，然后收拾妥当，无奈离去。他不知道的是，自己做的这一切，早已经被神像看在眼里了。

<u>实际上，这座庙宇供奉的是仙女华岳三娘</u>。她是被王母娘娘派遣到华山，守卫这里的和平的。只是，这拔地而起的华山之上，只有三娘独自守护，在漫长的时光中，她越发感觉到寂寞和孤独，每天只能用轻歌曼舞来稍微排解一下孤寂。这一天，三娘像往常一样在庙中起舞吟唱，忽然有人闯了进来，三娘这才急忙幻化成一尊塑像。当她看到刘玺的第一眼，就被他的玉树临风、温文尔雅吸引了。等刘玺在墙上泼墨挥毫后，三娘已经对这个书生动心了。但他们两人毕竟仙凡有别，又怎么能私自结缘呢？三娘只能默默目送刘玺逐渐远去。

三娘看到刘玺一步三回头，满脸都是依依不舍的怅然之情，最终还是决定抛弃神仙的身份，不顾天庭戒律，嫁给他为妻。三娘摇身变成凡间女子，追上刘玺，和他互诉衷情后，两人终于结为夫妻，自此琴瑟和鸣，恩爱有加。不久，三娘就有了身孕。

三娘怀孕期间，刘玺的考期也越来越近，虽然万般不舍，刘玺还是不得不动身前往京城。临走时，刘玺将传家之宝——一块历时久远的"沉香"交给三娘，告诉她如果生下男孩，

名师指津
华岳三娘即三圣母，是民间神话中的仙女，玉皇大帝的外甥女，其兄长为二郎神杨戬。

咬文嚼字
琴瑟和鸣：琴和瑟两种乐器一起合奏，声音和谐，比喻融洽的感情（多用于夫妇）。

中国神话故事

就取名沉香。刘玺说完，两人就怀着深深的不舍，依依惜别。

后来，刘玺凭借着深厚的学识，终于金榜提名，还被封了官。正当刘玺沉浸在金榜题名，即将衣锦还乡的喜悦中时，留守在家中的三娘却迎来了最大的灾祸，她私自和刘玺成亲的事情暴露了。

原来，那天正是王母娘娘的生辰，天上地下各路神仙都齐聚蟠桃宴，为王母娘娘祝寿。但三娘怀着身孕，她很害怕自己的事被王母娘娘知晓，于是就称病留在了华山。没想到，早就对妹妹有所怀疑的二郎神在王母娘娘生辰那天，突然来到华山，终于发现三娘不仅和凡人结婚，还怀了对方的孩子。二郎神对三娘违反天规，下嫁凡人的事勃然大怒，立刻要将三娘抓回天庭。

三娘为了孩子的安全，宁死不屈，誓死要与二郎神抗争到底。但三娘很清楚，只凭自己的力量赢不过二郎神，不过幸运的是她还有一件上古神器——宝莲灯。宝莲灯是三娘的镇山神物，由女娲娘娘所制，拥有无边法力。宝莲灯一开，光芒照耀之处，不论是天上地下，还是妖魔神仙，都无法抵挡。三娘利用宝莲灯，果然将二郎神打败了。二郎神深知自己不是宝莲灯的对手，于是他不正面对抗，而是利用哮天犬将宝莲灯偷了出来。三娘没有宝莲灯的保护，最终一败涂地，被二郎神压在了华山黑云洞中，日日承受着失去自由的折磨。

三娘历经千辛万苦将儿子沉香生下后，不忍心让他在这种暗无天日的地方长大，于是苦求夜叉，将这个孩子送到他父亲刘玺的身旁，希望刘玺好好抚养沉香长大。

刘玺那时正在扬州做官。当他看到还在襁褓中的沉香后，

咬文嚼字

衣锦还乡：古时指做官以后，穿了锦绣的衣服，回到故乡向亲友夸耀。

名师指津

相传宝莲灯是女娲补天时用过的法宝，后来传给了三圣母。

咬文嚼字

襁褓(qiǎng bǎo)：包裹婴儿的被子和带子。

156

沉香救母

就知道三娘出事了。但他只是凡人，又有什么力量和神仙对抗呢？他只能怀着无尽的悲痛，一心抚养沉香成人。

朝来暮去，光阴荏苒（rěn rǎn），一转眼小沉香八岁了。他勇敢聪慧，也很孝顺。当他听说母被压在华山之下时，既悲痛又愤慨，决定要亲自将母亲救出来，与自己和父亲一家团圆。

沉香将这个想法告诉了父亲。但刘玺只不过是个文弱书生，既没仙术也没功夫，只能无奈地摇头叹气。沉香和父亲的想法不同。虽然他年纪还小，但他立下的决心，就和磐石一样牢固。所以，勇敢的小沉香就自己一人离开家，朝华山所在的方向大步前行。

扬州到华山是一段漫长又危险的路程，其间有无数的艰难险阻。但小沉香全都咬着牙坚持下来，最终到达了目的地华山。可华山有无数崇山峻岭，且山上怪石环绕，母亲到底被压在哪里呢？八岁的小沉香想到这里，终于不知所措地大哭起来。

<u>沉香撕心裂肺的哭喊声在山谷中不断回荡，正好被在此游玩的霹雳大仙听到。</u>霹雳大仙神通广大，又心地善良，他急忙顺着哭声找到了小沉香，问清楚原因后，对三娘和沉香生出了许多同情和怜悯。但他也没什么好办法，只好先把沉香带回家，教授沉香本领。于是，沉香就拜霹雳大仙为师。霹雳大仙也倾其所有，将全部本事教给了沉香。

沉香聪明又刻苦，每天都认真地学习，很快不论是武功韬略，还是千般变化，他都能融会贯通。冬去春来，小沉香在努力学习的过程中，逐渐成长为十六岁的少年。沉香学有

名师指津
霹雳大仙是传说中的雷电之神。

所成后,拜别大仙,要再一次去华山救母。霹雳大仙非常赞赏他这份孝心和志气,就在临行前,赠给他一把萱花开山神斧,希望能对他有所帮助。

沉香拿着神斧,一路腾云驾雾来到华山黑云洞附近,开始不断呼喊着娘亲,期望她能听见。沉香坚持不懈地呼喊,最终有了回应。他的声音穿透厚厚的石壁,传到了三娘那里。三娘听到沉香的声声呼唤,知道儿子不仅健康长大,竟然现在还来寻找自己,一时间也是悲喜交加,喜极而泣。她急忙将沉香叫到黑云洞前,一边倾诉对孩子的思念,一边告诉他救自己的方法。

三娘知道,想要让自己脱困,沉香就必须打败二郎神。但二郎神法力通天,又有宝莲灯护身,年幼的沉香怎么可能敌得过他。因此,三娘就让沉香以外甥的身份去求求二郎神,希望二郎神能念及亲情而放过她。

沉香按母亲所说,来到二郎庙,对舅舅二郎神低声下气地一再哀求。没想到,二郎神不仅不答应,甚至还举起自己的三尖两刃刀,要将沉香斩草除根。沉香看到二郎神这样铁石心肠,也无比愤怒,就举起自己的神斧和二郎神大战起来。

两个人你来我往,尽显千种变化、万种本领,刀光斧影,打得不可开交。天上人间、江河湖海,全都被他们两人搅得天翻地覆,风云变色。不管是万物生灵,还是妖魔鬼怪,都因此深受其害。太白金星感觉到了事情的严重性,所以赶紧派四位仙人去查看到底发生了什么事。

四位神仙站在云端,看了一会儿才知道,原来是二郎神在和自己的外甥争斗。但他们都觉得二郎神身为天庭神将,

咬文嚼字

腾云驾雾:①传说中指利用法术乘云雾飞行。②形容奔驰迅速或头脑迷糊,感到身子轻飘飘的。

名师指津

三尖两刃刀是二郎神的兵器,前端有三叉刀形,刀身两面有刃。

又是做舅舅的，竟然这样凶狠地对待一个孩子，实在太卑鄙。于是，四位神仙就在沉香快支持不住时，暗中使出神力帮了他一把。沉香得到神力相助，愈战愈勇，二郎神最终不敌，狼狈地逃走了，宝莲灯也回到了沉香手中。

沉香打败二郎神后，急忙赶回华山，在宝莲灯的帮助下，他双手举起萱花开山神斧，用尽全身力气，朝华山直直劈下。伴随着巨大的声响和山崩地裂般的摇晃，华山一分为二，黑云洞显现在沉香眼前。

沉香心急如焚地跑进洞中，终于救出了日夜思念的母亲。至此，母子二人已经分开整整十六年。沉香一扑进母亲的怀里，就哭得泣不成声。三娘也紧紧抱着沉香，两人泪如雨下，百感交集。沉香最终通过自己的坚持、努力和勇敢，救回了母亲，实现了他一家团聚的愿望。

时光流逝，沉香劈山救母的故事，早已经和华山西峰上那块斧劈石一起，慢慢成为人们心中最美好的传说。虽然只是传说，但沉香不畏艰难、无惧强权的品质，却让这个传说如一首动人的歌谣一样，永远传唱下去，流淌进无数华夏子孙的心中。

咬文嚼字

心急如焚：心里急得像火烧一样，形容非常着急。

中 国 神 话 故 事

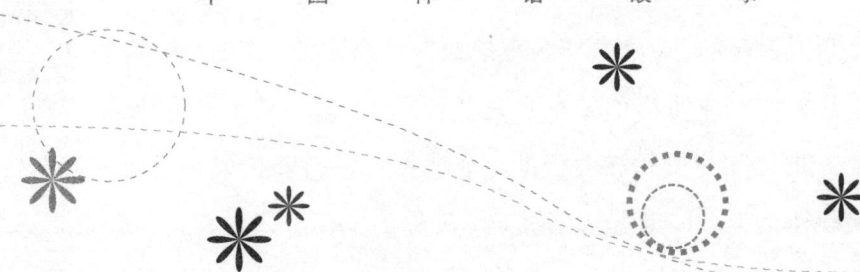

沉香劈山救母的故事,早在民间广为流传,深入人心。沉香为了救出母亲,不畏艰难险阻,克服重重困难,他的这种坚持不懈的精神值得我们学习。

阅读思考

1. 解释下列词语的意思。

金榜题名 _____

玉树临风 _____

光阴荏苒 _____

斩草除根 _____

天翻地覆 _____

泣不成声 _____

2. 沉香救母的故事对你有什么启发?试着讲一讲吧。

_____

_____

_____

五丁拔蛇

名师导读

五丁拔蛇是关于古蜀国五位大力士的传说。相传他们力大无比,被称为五丁力士。他们为保护蜀国尽心尽力、无惧牺牲,却因为蜀王的贪婪好色丧失了性命。

天府之国四川古称蜀地,自古就以高峡幽谷、壁立千仞的险要地势闻名。<u>正因为蜀地这种行路难于上青天,人迹罕至的环境,让它不仅收获了许多诗词歌赋的赞颂,更流传着无数无比神奇的传说。</u>其中非常著名的一则,就是关于五位大力士的故事。

古时候,蜀国占据险要地势,进可攻退可守,崇山峻岭更是蜀国的天然屏障,使他国军队难以攻克。正因为这种天时地利,让蜀国得以在很长时间里割据一方。然而,到了战国时期,位于蜀国北方的秦国不断强大起来,并且开始将爪牙伸向邻近的蜀国。

那时候秦国正由秦惠王统治,秦惠王既野心勃勃,又足

名师指津

唐代大诗人李白在诗作《蜀道难》中曾写道:"噫吁嚱(yī xū xī),危乎高哉!蜀道之难,难于上青天!"

中国神话故事

名师指津

秦惠王又称秦惠文王,是战国时期秦国的君主,也是秦国第一个自称为"王"的君主。

咬文嚼字

恼羞成怒:由于羞愧和恼恨而发怒。

智多谋。他一直都对蜀国虎视眈眈,想将其吞并。<u>秦惠王也曾多次派兵想将蜀国攻下,但蜀国凭借一夫当关,万夫莫开的天险</u>,屡次将秦兵击退。几次的损兵折将,让他深知强攻行不通,只能智取。相传,狡猾的秦惠王派人制作了五头石牛,并且每天派人在牛屁股后面放上很多金子,然后放出消息说,这是五头金牛,而且每天都会拉出一堆金子。

蜀王无比贪婪,他一听到"金牛"的消息,就立刻派人向秦王求取这些"金牛"。秦王二话不说就答应下来。只是"金牛"非常重,要想把它们搬动很不容易。当时,蜀国境内有五位大力士,由于他们孔武有力,能拔山举鼎,因此被人们称作"五丁力士"。蜀王将五丁力士叫来,命他们前去拉回"金牛"。

五丁力士为了将笨重的"金牛"顺利搬回蜀国,就在险恶陡峭、危险丛生的蜀道上开辟了一条平坦的大路。虽然整个过程困难重重,但五丁力士全都一一克服,终于把"金牛"带到了蜀王面前。可惜"金牛"刚被带回,就被人发现它们全是石头做的。蜀王发现被秦惠王欺骗后,<u>恼羞成怒</u>,派人将秦惠王大骂一通。没想到秦惠王不只不生气,反而还很高兴。因为曾经难于登天的蜀道,如今开通了一条平坦的"金牛道"。不过,秦惠王还是不敢贸然攻击,因为虽然道路已经开通,但蜀国还有力大无穷、勇敢无畏的五丁力士镇守,秦惠王十分忌惮他们。

秦惠王左思右想后,决定用"美人计",从蜀国内部先攻破他们。因为蜀王除了贪婪,他的好色也是举世闻名。如果用美女迷惑蜀王,让他疏忽大意,掉以轻心,说不定就能轻

162

 五丁拔蛇

而易举地攻下蜀国。于是，秦惠王就派人对蜀王说，秦国确实没有会拉金子的金牛，但他们有五位貌若天仙、楚楚动人的少女，她们比金子更加珍贵，更加动人，如果蜀王愿意，秦国愿意无私地向蜀国献上这五位少女。

蜀王听完，之前的愤怒全都烟消云散，只剩下欣喜若狂。他迫不及待地让五丁力士再次出蜀，去秦国迎接五位少女。五位力士接到少女立刻返程，一开始的行程很顺利，直到经过梓潼这个地方时，他们发现了意想不到的庞然大物。那是一条巨大的蛇，这条巨蛇此时正在迅速地往一个山洞里钻。其中一位大力士眼疾手快，迅速跑上前，一把拽住了巨蛇的尾巴，使劲将它往洞外拉。大力士一边拉一边想，许多百姓之所以每次路过蜀道都会消失无踪，大概就是被这条巨蛇吞吃了。所以，他一心想将巨蛇拖出来杀死，为民除害。但巨蛇的力量实在太强大，仅凭一个人根本拉不住。这时巨蛇的身体几乎全都钻进了洞里，只剩一点儿尾巴在洞外。其他四位大力士一看，全都上前帮忙一起拉。五个人的力量联合起来，很快就将巨蛇整个拖了出来。

然而，巨蛇虽然被拖了出来，事情却还远远没有结束。正当五位大力士沉浸在自己的成果里开心不已时，山谷中忽然刮起阵阵妖风，风声怒吼不止，像是要将人吞没。随后便是地动山摇，同时还爆发出巨大的响声，令人听后头皮发麻。巨响过后，山石断裂，大山崩塌，顷刻间就将五丁力士和五位少女全都活活压死了。鲜血染红了石缝间的每一寸沙土。原来那座大山变成了五座高大巍峨的山峰，重新屹立在蜀道之中。

蜀王听到这个消息后，悲痛万分。但他悲痛的不是五丁

咬文嚼字
迫不及待：急迫得不能再等待。

咬文嚼字
地动山摇：地震发生时大地颤动，山河摇摆。亦形容声势浩大或斗争激烈。

读书笔记

力士的牺牲,而是那五位美丽的少女就此香消玉殒。为此,他还亲自登上这五座山峰,悼念那五位他连面都没见过的少女,还情真意切地称这五座山峰为"五妇"。至于那五位勇敢的大力士,早就被他抛诸脑后了。百姓们对蜀王这种好色昏庸的行为嗤之以鼻,他们非常感激五丁力士为民除害的义举,所以就将这五座山峰称作"五丁"。

秦惠王听到五位大力士死去的消息后,大喜过望。现在蜀道开通,五丁已死,蜀国国内又一片怨声载道,攻克蜀国的机会终于到来了。于是,秦惠王立刻派兵,从金牛道进军,一举攻破了蜀国国都。蜀王就在滚滚硝烟中悲惨死去,蜀国就此灭亡了。

硝烟弥漫、血流成河的战争早已随着时间的流逝,慢慢成为历史的一部分。但五丁力士的无所畏惧和奋不顾身为民除害的精神,以及开辟了平坦的"金牛道"的故事,在人们口口相传中日久弥新,关于他们的故事也会永远在巴蜀大地上流传。

咬文嚼字

怨声载道:怨恨的声音充满道路,形容民众普遍不满。

中 国 神 话 故 事

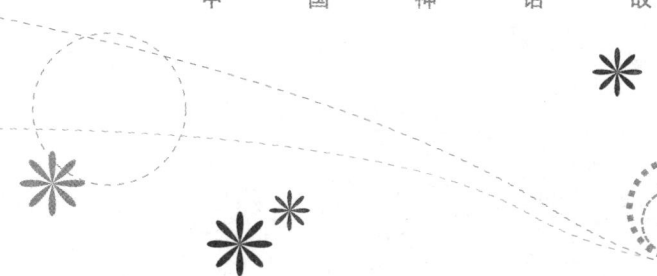

拓展阅读

五丁力士一心为国为民，不惜牺牲了自己的性命，他们的故事代代相传。这个故事也从某些方面反映了秦国为灭蜀国千方百计开通道路的历史真相。

阅读思考

1. 学成语，填一填。

成语"足智多谋"的意思是_____，它的近义词是_____，它的反义词是_____。

成语"人迹罕至"的意思是_____，它的近义词是_____，它的反义词是_____。

我能写出和"楚楚动人"格式相同的成语：

斤斤计较_____

2. 李白的诗歌《蜀道难》中有描述五丁力士传说的相关诗句。查查这首诗并朗读一遍吧。

_____

_____

十二生肖

名师导读

生肖又叫属相，是我国特有的一种民俗文化。在古往今来的故事传说中，涉及十二生肖的数不胜数。这里讲述的，是关于十二生肖来历的传说。

相传很久以前，人世间并没有十二生肖，这十二生肖实际上是主宰天界的玉皇大帝选拔出来的。

玉帝有了排生肖的想法后，便立即拟好旨意，派神仙给五洲四海的动物们分发下去，告诉他们天庭即将召开生肖选拔大会，让他们按时参加，谁来得越早，谁的排名也就越靠前。

那时候，老鼠和猫还是很好的朋友，甚至好到亲如手足的程度。当玉帝甄（zhēn）选生肖的旨意到达后，猫有点儿担忧，因为他实在太爱睡觉了，他很怕自己睡过了头。于是，猫就让同样参赛的老鼠兄弟到时候叫自己一下，这样就不会错过比赛。老鼠痛快地答应了。然而没想到，老鼠在转身去找老牛的路上，就把这件事忘记了。因为老鼠实在太兴

名师指津

其实很久以前中国并没有猫，猫传入中国时，生肖早已形成了。

奋了,他迫不及待地想赢得这场比赛,于是他就去找既能早起,跑得又快,体力又好的老牛,想让老牛到时候载一下自己。老牛朴实善良,想也没想就答应了。

另一边,龙也拿到了玉帝旨意。他同样也面临着一个大问题,就是他总对自己的长相不满意。即便他身体巨大,满身鳞甲,在云海中翻腾飞舞时**威风凛凛**,令人生畏,但他总感觉自己缺点儿什么。龙左看右看,发现问题就出在自己的头上。因为那时的龙还没有犄(jī)角,所以头顶光秃秃的。因此他觉得,必须找个漂亮的东西戴在头上才能赢得比赛。

> **咬文嚼字**
> 威风凛凛:形容声势或气派使人敬畏。

后来,龙被一只大公鸡吸引住了,因为那只公鸡的头上戴着一对儿又漂亮又威武的犄角。龙心想,那角要是戴在自己头上就太合适了。所以他立刻上前向公鸡借这对儿角。一开始,不论龙怎么恳求,公鸡都不答应。后来,龙就夸奖公鸡,说他就算没有角,也是所有动物里最漂亮的。龙还找来蜈蚣帮他一起夸赞公鸡。公鸡一听到奉承话,马上就**笑逐颜开**,接着大方地把头上的角借给了龙。不过,公鸡也不忘叮嘱龙,让他比赛完后,立刻把角还给自己。龙一边高兴地把角往头上戴,一边满口答应着。

> **咬文嚼字**
> 笑逐颜开:眉开眼笑,形容高兴愉快的样子。

比赛那天,动物们纷纷使出自己的本领,铆劲儿往天宫赶,各个想争到第一。最终,只有十二只动物在规定的比赛时间内,跑到了地方。玉皇大帝决定按他们到达的顺序来排位。

老牛本来跑在第一个,玉帝正想安排时,老鼠忽然从老牛的背上跳了下来,站在了玉帝面前。玉帝一看老鼠竟然比老牛还快,就把他排在了第一位,老牛排在第二位。接着就是老虎、兔子,分别排在第三、第四位。

至于那条戴着犄角的龙，因为来迟了，所以没有抢得头筹。但由于龙威风凛凛，所以玉帝一眼就看到了他，同时也看到了他漂亮的犄角。可能犄角确实很得玉帝的欢心，所以龙被排在第五位。不仅如此，玉帝还想将龙的儿子排在第六位，可惜的是龙今天孤身前来，并没有带自己的孩子。就在龙无比后悔时，后面的蛇忽然跑上前，边挨着龙，边朝玉帝说，自己是龙的干儿子，可以排在第六。于是，蛇就这样被排在了第六位。

紧随蛇身后的是相互谦让的马和羊，他们分别排在第七、第八位。猴子因为灵活的跳跃能力，一下就蹦到了其余动物的前面，稳稳地站在了第九位。而早就跑得气喘吁吁的鸡、狗、猪分别排在了第十、第十一、第十二位。

等老鼠从天庭回去时，他的好兄弟猫才刚刚从睡梦中醒来，他睡眼蒙眬地询问老鼠比赛开始没。结果猫听到的回答是，不仅比赛早就结束了，老鼠还拿了第一。这个消息一下子就让猫愤怒得咬牙切齿。他觉得是老鼠故意不叫醒他，让他连比赛的资格都没有。所以，猫瞬间就扑向老鼠，还好老鼠躲得快，没被咬死，但也被猫追得到处躲藏。从此以后，老鼠和猫就成了死对头，直到现在，老鼠还被猫追得到处跑。

再说那条龙，他站在海边，越看自己越觉得漂亮，越看越舍不得把角还给公鸡。最后，龙就戴着那对儿美丽的角，消失得无影无踪。公鸡则因为龙骗走自己的角，还因此排名靠前而气愤不已。所以，公鸡四处寻找龙，想要回自己的角。但他找了一圈，别说角，连龙的半点儿影子都没看见。又愤怒又委屈的公鸡，只好每天天不亮时，就对着大海的方向，

咬文嚼字

气喘吁吁：形容呼吸急促，大声喘气。

大喊道："快还我！快还我！"公鸡还因此无比憎恨当初为龙说好话的蜈蚣，所以他只要见到蜈蚣就会吃了他。

从此以后，天上人间诞生了十二生肖，人们也有了十二属相。十二生肖伴随着十二地支，轮流掌管着人间的四季更替，时间轮回。而十二生肖的故事，也成为人们街知巷闻的传说。随着时代变迁，生肖慢慢成为中国传统节日——春节必不可少的一部分，同时也成为中华传统文化里不可分割的一部分，只要有华人的地方，就会有十二生肖，就会有关于它们的各种故事。

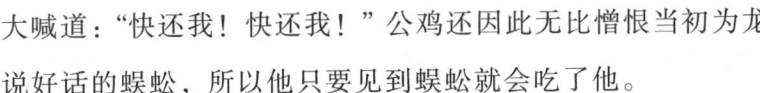

名师指津

十二生肖是十二地支的形象化代表，子（鼠）、丑（牛）、寅（虎）、卯（兔）、辰（龙）、巳（蛇）、午（马）、未（羊）、申（猴）、酉（鸡）、戌（狗）、亥（猪）。

中 国 神 话 故 事

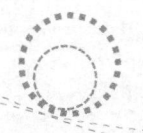

　　十二生肖的传说，反映了人们对这十二种动物的基本认知，比如牛的憨厚、鼠的机灵、蛇的狡猾、猴的灵活等。在此基础上，每一种生肖动物还有自己的传说。

1.你能填写动物前面的地支，并把它们按一到十二的顺序来排列吗？

（　）龙　　　（　）鼠　　　（　）马　　　（　）鸡

（　）羊　　　（　）蛇　　　（　）牛　　　（　）猪

（　）猴　　　（　）兔　　　（　）狗　　　（　）虎

排序：

1_____ 2_____ 3_____ 4_____ 5_____ 6_____

7_____ 8_____ 9_____ 10_____ 11_____ 12_____

2.你还知道哪些关于十二生肖的故事？试着和同学们分享一下吧。

_____

_____

柳毅传书

柳毅传书是一个古老的爱情传说，善良的书生柳毅同情龙女的遭遇，为她千里送信，最终赢得了美好姻缘。这个浪漫的故事反映了人们对美好爱情的向往之情。

传说唐朝时期，有一位名叫柳毅的俊朗书生。他饱读诗书，勤学苦练，后来朝廷召开科考，柳毅便收拾好包袱，一路赶赴长安。但令柳毅没想到的是，这次远赴京师，竟然令他邂逅（xiè hòu）了一段奇妙的缘分。

柳毅一路步履匆忙，在路过泾阳时，却被羊群阻挡了前路。柳毅再仔细一看，发现放羊的竟然是一位貌美的女子。他大感疑惑，因为这名女子虽然憔悴不堪，满面愁容，但容貌姣好，气质过人，怎么看都不像是贫苦人家的孩子，需要以牧羊为生。为了解开心中疑问，柳毅就上前询问女子。

原来，这位女子本是洞庭湖龙君的三女儿——龙三公主。她之所以会出现在泾阳，是因为远嫁给了泾河龙王的二儿子。

不料她这位丈夫不仅到处拈花惹草，还经常对她百般欺辱。总之，每天龙女都承受着丈夫和他家人带来的各种折磨。龙女日日夜夜都在思念千里之外的亲人，很想将自己的遭遇告诉他们，可惜天高路远，她又不能离开，所以根本不能把消息传回洞庭龙君那里。话到最后，龙女百般恳求柳毅，希望他能帮自己传递一封书信回去，让父王尽快来救她。

柳毅听完后，十分同情龙女的遭遇，于是就决定帮龙女传书回乡。龙女很感激他，临行前，她将如何面见洞庭龙君的方法告诉了柳毅。柳毅揣着信，一路马不停蹄，赶到了洞庭湖，并按照龙女所说的方法，击打附近的一棵橘子树。没过一会儿，果然从湖底出来一些龙宫兵将。他们问清事情原因后，就急忙将柳毅迎接到水中，进入龙宫。

柳毅一见到威严的龙王洞庭君，就立刻将龙女的书信交给他，并将龙女现在的遭遇一字不漏地告诉了他。龙王一边读着书信，一边悲痛不已，嘴里念着："都怪我，竟把女儿嫁给这种人家！"结果，此事不小心被钱塘君听到了。钱塘君是洞庭君的弟弟，脾气暴躁易怒，容不得别人欺辱，更何况三公主又是他最疼爱的侄女。所以他一听到这个消息，立刻怒火冲天，当下就集结洞庭和钱塘两处的兵将，大举向泾河龙王发兵，不仅将泾河龙王打得落花流水，最后还一口吞吃了他的二儿子，救回了龙女。

此次龙三公主能逃出生天，与家人团圆，柳毅功不可没。所以洞庭君亲自设宴，拜谢柳毅。宴席期间，钱塘君有意将龙女许配给柳毅为妻，但柳毅最终严词拒绝了。宴席一散，柳毅就拜别龙王，上岸回家了。

名师指津
传说中不仅有四海龙王，每个湖泊河流，只要有水的地方都有自己的龙王。

咬文嚼字
落花流水：原来形容春景衰败，现在形容惨败。

之后几年，柳毅接二连三遭遇了灾祸，不仅身陷囹圄，妻子也因重病去世。所以，他很长时间里都是独自生活。后来，经人介绍，柳毅认识了一位温婉可人的小姐，相处下来，不仅与他心意相通，还和他有知音的感觉。所以，没过多久，两人就结为夫妻，日夜相伴，后来还生下一个孩子。直到这时，妻子才告诉柳毅，自己就是他曾仗义相救的牧羊龙女。龙女一家因为一直感激柳毅的恩情，加上听说柳毅一直过得不好，所以才想出这个方法回报他。龙女也表示，自己不单是为了报恩，她早就对柳毅芳心暗许，所以愿意和柳毅执手相携。柳毅也被龙女的情意感动，两人从此以后恩爱有加，相伴到老。

读书笔记

咬文嚼字

囹圄（líng yǔ）：监狱。

中 国 神 话 故 事

拓展阅读

柳毅不计回报，仗义救人，把龙女从苦难的生活中解救出来。这是一个典型的好人有好报的故事，充满了人们对爱情的美好想象和对善良、正义的期待。

1. 龙女遇到了什么困难需要柳毅帮助？
2. 柳毅一开始为什么会拒绝娶龙女为妻？

洞庭湖

洞庭湖古称云梦泽，位于长江中游荆江南岸，地跨湖南、湖北两省。古时候洞庭湖面积极大，有"八百里洞庭"的说法。到了现代，洞庭湖的面积由于种种原因大幅度缩小，但仍是我国五大淡水湖之一。洞庭湖是我国传统文化的发源地之一，湖区有许多名胜古迹。这里还是我国著名的鱼米之乡，不仅景色优美，水产也十分丰富。

黄鹤楼的传说

名师导读

黄鹤楼位于湖北省武汉市长江南岸的武昌蛇山之巅,濒临万里长江,是我国三大名楼之一。关于黄鹤楼的来历,还有一个充满神奇色彩的传说。

从前,武汉蛇山这个地方有一家小酒馆,常年生意冷淡、宾客稀少。但酒馆老板辛氏为人十分热情,只要有一个客人上门,不管是谁,辛氏都一视同仁,认真地招待他。

一天,一位身体健硕、穿着却破破烂烂的男子大大方方地走进了酒馆中,坦然自若地向辛氏要酒喝。这个男人衣衫褴褛(lán lǚ),一看就没有半文钱,要是其他酒馆老板早就招呼伙计将他赶出去了。但辛氏却没有因为他的穿着和态度对他有一点儿怠慢,反而很恭敬热情地为他端来满满一大杯酒。男子喝完后,一文钱没付就离开了。

之后很长一段时间,男子经常来辛氏的酒馆中要上一杯酒,喝完就走。辛氏既没有向这个男子要酒钱,也没有因此

咬文嚼字

一视同仁:同样看待,不分亲疏厚薄。

心生怨愤和不满。每次只要这位客人进到店里,辛氏就一如既往地为他端上一杯酒,态度恭敬有礼。这种情况一直持续了半年。

半年后的一天,这名男子喝完酒后,并没有像往常那样离开,反而忽然开口对辛氏说:"我知道自己在你这里喝酒,欠下了许多酒钱,我也确实没有足够的钱能还你。不过,我是不会白白喝你的酒、受你的恩的。"说完,就伸手从旁边的篮子里拿起一块橘子皮,接着用橘子皮在酒馆的墙壁上画了一只栩栩如生的黄鹤。最奇妙的是,这只壁上黄鹤不仅画得生动,还能随着人的掌声展翅起舞,舞姿轻盈美妙,世间罕有。

墙壁上画的黄鹤竟然能随声起舞,这样奇妙的事自然很快就传到了人们的耳中。大家为了能亲自看一眼黄鹤舞蹈的景象,纷纷从四面八方赶到辛氏的小酒馆里付钱观赏。一来二去,原本门庭冷落的酒馆竟然变得宾客盈门,车马如龙,生意一天比一天兴隆,辛氏自然也赚得盆满钵盈。

一晃十多年过去了,这天,那位早已消失许久的男子忽然又出现在了酒馆中。他依然是当初那副模样,健硕高大,衣衫褴褛,而辛氏却已经腰缠万贯。辛氏一见到男子,就无比激动地上前,一边向他不断致谢,一边说:"我愿意献出自己的一切来侍奉您,满足您所有的愿望。"男子笑着说:"我今天来到这里,并不是说这件事的。"接着,只见他拿出长笛高奏一曲,美妙的乐声立即充盈在酒馆间,清幽飘逸,空灵优美。不一会儿,几朵白云就随着乐曲悠然落下,飘进店中。此时,墙壁上画的黄鹤也闻声起舞,高展双翅,破墙而出踏上了白云。白云缓缓来到男子面前,男子就势翻身跨坐在黄

咬文嚼字

车马如龙:形容车马往来不绝,繁华热闹的景象。

鹤之上，乘着黄鹤随风而去，直上九天，很快就不见踪影了。

辛氏为了感谢这位男子对自己的帮助，就用自己所有的积蓄，在蛇山建立了一座宏伟精致的楼阁，取名"黄鹤楼"，旨在怀念那位如仙人般的男子和那只翩翩起舞的黄鹤。

<u>一直到现在，黄鹤楼还屹立在武汉蛇山之巅，与波澜壮阔的长江毗邻而居，遥遥相望，吸引着古往今来的文人墨客前来观赏。</u>而这充满神秘色彩的民间传说，更为黄鹤楼渲染了一种独树一格的精神和气韵，令这座著名的古楼永远散发着独属于中国传统文化的魅力。

名师指津

如今，黄鹤楼已成为武汉市的标志性建筑，它与滕王阁、岳阳楼并称为江南三大名楼。

拓展阅读

辛氏的好客和善良为自己换来了十几年的好生意,也为人们留下了仙人乘黄鹤而去的美丽传说。黄鹤楼仍默默屹立着,古往今来许多文人墨客在这里留下了动人的诗句。

 阅读思考

背一背下面两首与黄鹤楼有关的古诗,体会两首诗不同的思想感情。

黄鹤楼送孟浩然之广陵

唐·李白

故人西辞黄鹤楼,烟花三月下扬州。

孤帆远影碧空尽,唯见长江天际流。

黄鹤楼

唐·崔颢

昔人已乘黄鹤去,此地空余黄鹤楼。

黄鹤一去不复返,白云千载空悠悠。

晴川历历汉阳树,芳草萋萋鹦鹉洲。

日暮乡关何处是?烟波江上使人愁。

毛女仙姑与秦宫役夫

名师导读

毛女是神话传说中的一位仙姑，据说她浑身长毛，以松叶为食，身轻如燕，健步如飞。相传她本来也是一个平凡的姑娘，只因为躲避灾难，才来到了山间，得道成仙。

华山奇峰罗列，每座山峰都有自己独特的美景，也都有独属于自己的传说。华山有一座山峰名叫毛女峰，这座峰上有一座石龛（kān），传说神仙毛女就曾住在这里。据说，最早的时候，毛女并不是神仙，她也是要经历生老病死的凡人。

毛女本名玉姜，少女时期的她明眸皓齿，娇俏灵动，非常美丽，而且对音律极其精通，擅长抚琴奏乐，乐曲绕梁三日，不绝于耳。可惜玉姜生不逢时，那时正处于秦统一六国时期，玉姜的祖国楚国也不能幸免于难。所以玉姜年纪轻轻就承受着国破家亡的悲痛，屈辱地被俘虏到秦国。<u>秦始皇见玉姜长得楚楚动人，又能弹奏一手好琴，便把她留在了阿房宫</u>。

但正值少女的玉姜，一心向往的是不受约束、自由自在

名师指津
阿房宫是秦始皇修建的宫殿，被誉为"天下第一宫"。

的生活。她根本无法面对后宫妃嫔的尔虞（yú）我诈和帝王的阴晴不定。玉姜在宫中越待越觉得孤苦寂寞。更加让玉姜惴惴不安的，就是秦始皇的残暴。

秦始皇自从称帝以后，比以前更加独断专行，自以为是，他还极爱大兴土木，劳民伤财。除此之外，秦始皇的性情也越发凶残，修建自己陵墓的时候，甚至要选取五百名童男童女和一些太监宫娥陪葬。消息一出，立刻在皇宫内引起了不安，每一个人都在恐惧中小心翼翼地存活着。在这种环境下，陪伴着玉姜的，只有她的琴，以及役夫张夫。

张夫是个既不幸却又幸运的人，因为从秦始皇登基开始，他就经历了无数次虎口逃生的事。然而最终，他还是被征去为秦始皇修陵墓，不过由于他学识渊博，手艺精湛，所以被分派去做设计图纸的工作。张夫从接触陵墓的修建开始，就上下疏通，为自己留好退路，正是在这期间，他借由琴声结识了玉姜。

玉姜的美丽、哀怨，以及对自由生活无限的向往，都让张夫悲叹不已。因为他清楚地知道，生在这个时代的人在很多事上是身不由己的。他们虽然经历不同，但命运都一样凄苦。

当宫娥太监陪葬的消息传出时，张夫同时还收到所有工匠也会陪葬的消息。但张夫此时想到的不是自己而是玉姜。他觉得自己年龄已高，死了也就死了。但玉姜还年轻，如果就这样白白送死，实在太可惜了。所以他就趁着夜晚进宫汇报陵墓进度的时候，把玉姜和几个宫娥偷偷带了出来。

只是南边有士兵巡逻，西面又是阿房宫，北面没有丝毫遮掩物，所以八个人刚一出宫，就只能向东匆匆逃跑。几人

名师指津

秦始皇陵是一项浩大的工程，从秦始皇13岁即位时开始修建，一直修到秦始皇死时还未完工。

咬文嚼字

身不由己：身体不由自己作主。

到了一个分岔路口后,为了避免全都被抓到,就分散逃跑。

六位宫娥一路逃向渭南,刚进渭南就累得一步也跑不动了,所以六人就藏到附近山上的一个洞中。官差至此找不到人后,就以她们被野兽吃了为由打道回府。六位宫女就在这里安家落户,耕作织布,至死也没离开。她们死后,身体化作六眼清泉,当地人就称这些泉为"六姑泉"。

另一边,玉姜抱着琴和张夫一路相互扶持,躲躲藏藏,耗时半个多月才总算逃到了华山。自此以后,玉姜和张夫就结伴隐居在华山,过着日出而作,日落而息,闲暇时弹琴奏乐、欣赏山水的生活,再不问世事。

后来,玉姜和张夫偶然结识了一位世外高人。他教两人修炼,饿时吃松柏籽,渴时饮清泉水,坚持下来自然能大有收获。两人依照高人所说的坚持了许久,最后两人全身长出绿毛,并且健步如飞,恍若仙人。从此,民间就一直流传着关于玉姜和张夫成仙的传说。一直到西汉时期,还有一些旅者、猎人说在山中见过玉姜的身影,只是那时她已经被叫作毛女,年龄也有一百多岁了。甚至到大唐年间,还有文人墨客登临华山后,说自己不仅见过毛女和张夫,还与他们一起饮酒作诗,叹人间世事。

如今,华山上似乎只剩下道路艰险万分的毛女洞,再也找不到一点儿毛女和张夫生活过的痕迹。但即便如此,依旧还有人说过,偶尔夜深人静时,毛女洞里似乎还是会传出婉转悠扬、清脆悲戚的琴声。

读书笔记

名师指津
渭南位于黄河中游,陕西省关中平原的东部。

咬文嚼字
文人墨客:多指会写诗文的读书人。

拓展阅读

张夫凭借自己的善良、机智和勇敢,最终救了毛女的性命,也成就了一段充满神奇色彩的传说。而这个传说也反映了人们对繁重徭役和残暴统治的不满之情。

1. **写出下列字的读音。**

石龛(　　)　　惴(　　)惴不安　　闲暇(　　)　　精湛(　　)

弹(　　)奏　　阿(　　)房宫　　华(　　)山　　中华(　　)

弹(　　)弓　　阿(　　)姨　　房(　　)屋　　俘虏(　　)

2. **解释下列词语的意思。**

明眸皓齿 _____

尔虞我诈 _____

虎口逃生 _____

惴惴不安 _____

3. **查一查秦始皇的事迹,并根据你的理解,说说他是个什么样的人。**

_____

灵隐寺下飞来峰

飞来峰位于杭州灵隐寺一带,是一座拥有奇峰怪石、秀丽美景的山峰。但你肯定想不到,这座山峰在很久以前,就像它的名字一样会飞,与它紧密相关的还有一个名字——济公。

相传很久以前,飞来峰还不叫飞来峰,它只是一座会飞来飞去的山峰。但这座山峰又高又大,而且经常胡乱地飞,既没有固定路线也没有秩序,所以经常破坏农田屋舍,给百姓带来了许多灾难。

<u>后来,杭州灵隐寺有一个正在修行的和尚,名叫济公。</u>济公从头到脚都是破衣烂衫,穿着打扮就像乞丐一样,行为也很癫狂怪异。但他博古通今,乐善好施,佛法造诣极深,经常为百姓排忧解难,因此被附近百姓称作"活佛济公"。

有一天,济公掐指一算,发现那座会飞的巨大山峰即将落到灵隐寺山下那座村子里。那么巨大的山峰落下来,一定会压死许多人。为了避免人间惨祸的发生,济公急匆匆地来到村

名师指津

济公是南宋时期学问渊博、行善积德的得道高僧。

子里,挨家挨户敲门通知,让村民们赶紧离开。然而村民们都以为济公疯癫发作,所以胡言乱语,因此根本不相信。

更糟糕的是,村子里有一户人家正好选在这一天办喜事。大红的喜轿,唢呐震天的迎亲队伍,震耳欲聋的鞭炮声,一下就把半个村子的人都吸引了过去。大家为了看漂亮的新娘子,把村里的路都堵得水泄不通。济公眼看时间就快来不及了,急忙到人群中劝阻。但<u>熙熙攘攘</u>的人群一下就把济公的劝阻声淹没了,焦头烂额的济公一时间也不知道该怎么办。

就在这时,济公突然看见正在屋里拜天地的新郎新娘。他眼珠儿一转,一个妙计涌上了心头。只见他将重重人群拨开,一个箭步冲进办喜事的屋子里,趁着人们还一头雾水时,将新娘一下背了起来,然后转身就往屋外跑。所有人都被济公的举动震惊得不知所措,只能眼睁睁看着济公背着新娘跑出了大门。新郎这时候率先反应过来,拔腿就追了出去,一边追,一边大声喊:"快抓住那个疯和尚啊!"

人们听到新郎的叫喊,才纷纷跟着追了出去。有人顺手拿起锄头、扁担等东西继续追赶,也有人觉得有意思,跟在后面看热闹。

济公就这样背着新娘子拼命往前跑,村民们则跟在后面使劲追,就在一跑一追之间,大家早已经离开村子好远。此时已经临近正午,济公抬头看了看悬在天上的太阳,再看看身后一大帮的男女老少,他在心中算了算,发现村民们正好能躲过这次灾难,才总算放下心来。随后,他在一棵大树下把哭闹的新娘子一放,自己一屁股坐在树荫下,一边扇着破扇子,一边喘着粗气。

咬文嚼字

熙熙攘攘:形容人来人往,非常热闹。

村民们接二连三地追到他面前，新郎慌张地将新娘抱在怀里安抚，其他人则准备抡起手中的农具捶打济公。正在这时，一阵巨响惊吓到了所有人，接着大地开始像地震一样晃动不止，天空被怒吼的狂风遮得严严实实，众人被遮天蔽日的大风吹得什么也看不清。过了一会儿，天地恢复安静，风云全都散尽，村民们才发现，他们的村子早就不见了踪影，眼前只有一座高大险峻的山峰。

众人这才恍然大悟，原来济公一点儿也不疯癫。他之所以抢新娘，完全是为了救村民的性命。村民们感激涕零地叩谢济公的救命之恩，济公赶忙说："你们别谢我，我不过是暂时救了你们的命。你们要想像以前一样生活，就必须依靠自己的力量，重新建造家园，犁地耕种。只要你们团结一心，万般苦难都能克服。"村民们千恩万谢，将济公的话牢记在心里。

虽然村民们没事了，但济公依然十分担心。因为这座山峰随时还会飞走，到时候又会危害其他百姓。为了不让它继续作乱，济公就带着全体村民，上山修佛像，建佛龛，让无上佛法彻底压制这座山峰。众人经过苦干，终于凿刻出了五百罗汉像，由于时间太紧，来不及刻眉画目。济公看后笑了笑，伸出一只手，朝罗汉像上划了一道，瞬间，五百罗汉各个都有了形态各异的眉眼。

自此以后，山峰在佛像的镇压下，再也无法四处乱飞，成了一座普通的山峰。由于它是从别的地方飞来的山，因此人们就叫它飞来峰。从此，飞来峰与灵隐寺遥遥相对，屹立世间。

咬文嚼字

感激涕零：因感激而流泪，形容非常感激。

名师指津

飞来峰由于长期受地下水溶蚀作用，形成了许多奇幻多变的洞壑，极富传奇色彩。

中 国 神 话 故 事

拓展阅读

聪明又善良的济公在关键时刻救了村民的性命,还带领大家压制住了飞来峰。这个传说表现了济公和尚扶危济困的美德,也为灵隐寺和飞来峰增添了一抹传奇的色彩。

阅读思考

1. 村民们一开始为什么不愿意相信济公?
2. 济公用什么方法救了村民的性命?

拓展延伸

灵隐寺

灵隐寺位于浙江省杭州市,背靠北高峰,面朝飞来峰,始建于东晋咸和元年(326年),占地面积约八万七千平方米。灵隐寺开山祖师为西印度僧人慧理和尚,南朝梁武帝赐田并扩建。宋宁宗嘉定年间,灵隐寺被誉为江南禅宗"五山"之一。到清朝时,它的规模已跃居"东南之冠"。康熙帝南巡时,又为它赐名"云林禅寺"。

一幅壮锦

名师导读

《一幅壮锦》是一个在壮族地区广泛流传的民间故事,讲述的是一位壮族老婆婆和她亲手织的一幅壮锦的故事。这个故事是我们中华民族民间文学的瑰宝。

有一则关于壮锦的有趣传说,一直在民间广为流传。传说很久以前,一座大山的山脚下有一间茅屋,茅屋里住着一位年迈的老婆婆和她的三个儿子。老婆婆有一双巧手,能织出十分美丽的壮锦。所以,一家人都依靠老婆婆的手艺生活。

一天,老婆婆到镇子上卖壮锦时,偶然间在一个店铺里见到了一幅美丽的画卷。画儿上有房屋和田地,也有菜园和鸡鸭猪羊,一切看起来美好又温暖。老婆婆对这幅画儿爱不释手,于是买下了这幅画儿。老婆婆回家后,日夜都看着这幅画儿,越看越喜欢,越看越希望能住到画儿上所描绘的世界中。后来,老婆婆决定用自己的手艺将这幅画儿织到壮锦上。

于是,老婆婆备好织机,买好五色丝线,照着这幅画儿,

名师指津

壮锦是利用棉线或丝线编织而成的精美工艺品,与云锦、蜀锦、宋锦并称中国四大名锦。

中国神话故事

咬文嚼字

惟妙惟肖：形容描写或模仿得非常好，非常逼真。

开始织锦。老婆婆不分昼夜地一直织着壮锦，眼睛留泪时，她就将眼泪变成壮锦上清澈的河流；当眼睛因过劳而流下鲜血时，她就把鲜血变成壮锦上赤红的太阳和鲜艳的花朵。老婆婆凭着顽强的意志，耗时三年，终于完成了这幅惟妙惟肖的巨大壮锦。

正当老婆婆和三个儿子为这幅壮锦欢呼雀跃时，忽然间吹来一阵大风，卷起壮锦就向东方飞去。老婆婆焦急不已地对大儿子喊道："这幅壮锦就是我的命啊！你快去东边，一定要把壮锦找回来。"

老大答应了母亲，随后收拾行李，向东方进发。一个月后，老大走到了一座大山的山口，山口有一间立着大石虎雕像的石屋，旁边坐着一位和蔼的老奶奶。他上前询问老奶奶见没见过一幅壮锦。老奶奶说："壮锦？我见过。它是被居住在东方太阳山的仙女们拿走了。她们觉得你母亲的壮锦织得太完美，所以借去临摹一下。你想要回壮锦就去找她们吧。不过，要想去她们那里，不是一件容易的事。我可以让你坐这头石虎去，不过路上你要忍受烈火炙烤不出一声；还要抵抗住汪洋大海里冰块和海水对你的袭击，不能颤抖一下。如果你能挺过这些磨难，就能到达东方太阳山了。"

老大听完，似乎已经提前体会到水深火热的感觉，全身都不舒服起来。他一点儿也不想忍受烈火炙烤和海浪侵蚀。老婆婆看着老大铁青的脸，笑着说："孩子，你根本忍受不了那些。我送你一箱金子，你还是回去和你的家人好好生活去吧！"老大往回走时，突然觉得这箱金子一个人享受要比四个人分享好多了，于是抱着金子转身就往繁华的城镇走去。

名师指津

面对即将要忍受的痛苦，大儿子选择了放弃，并最终被贪婪蒙蔽了双眼。

188

一幅壮锦

　　老婆婆在家里怎么也等不到大儿子回来，焦急万分，就叫来二儿子，让他去东方寻找壮锦和老大。一个月后，二儿子也遇到了那个老奶奶，并且也和大哥一样，做了相同的决定。

　　两个儿子久久不回，让老婆婆的忧思更重了。最后，不仅卧病在床，每天还以泪洗面。小儿子看着日渐消瘦的母亲，心如刀绞，于是他主动提出去东方寻找壮锦和两位哥哥。

　　小儿子收拾妥当，一路疾驰，只用半个月就走到了那座大山的山口。他也见到了那位老奶奶，老奶奶也用同样的话告诉了他。但小儿子斩钉截铁地拒绝了，并告诉老奶奶一定要拿回壮锦。随后，他用几颗杨梅喂活大石虎后，就骑着它一路向东飞奔而去。

　　小儿子在石虎的背上，经受了火山烈火的灼烫，皮肉都烤焦了，他也一声不吭；越过火山后，他到了汪洋大海中，海浪携着寒冷的冰块不断袭击着他的身体，但他依旧挺直身体，咬牙忍受。就这样飞了三天三夜，小儿子终于来到了温暖如春的东方太阳山。

　　太阳山的仙女问清他的来意后，答应他明天照样织好，就将壮锦还给他。第二天，小儿子就带着壮锦立刻往家赶。等他终于回到家里后，老婆婆已经骨瘦如柴，奄奄一息了。小儿子赶紧跪在母亲床旁，在她面前将壮锦展开。顷刻间，壮锦发出了耀眼夺目的光芒。老婆婆看见自己呕心沥血织出的壮锦终于回到了身边，开心得病一下就好了，甚至比以前还有精神。

　　老婆婆走出茅屋，将壮锦再次打开。没想到，一阵微风吹过，他们的茅屋变成了壮锦上美丽的房子。周围的景色也

咬文嚼字

斩钉截铁：形容说话办事坚决果断，毫不犹豫。

读书笔记

和壮锦上一样,有菜园、果园,也有猪、羊、鸡、鸭,等等。令人惊奇的是,还有一位漂亮的红衣姑娘,站在花园里赏花。原来,她是太阳山中的一个仙女,因为很喜欢这幅壮锦,就把自己的画像也织了进去,然后就被带了回来。

老婆婆邀请姑娘住了下来,没过多久,姑娘就和小儿子成亲了,一家人其乐融融、和和美美地生活在了一起。

至于老婆婆的大儿子和二儿子,他们早就大手大脚地花完了金子,因为无颜见自己的母亲和弟弟,最后变成了两个到处讨饭的乞丐。

咬文嚼字

其乐融融:形容十分欢乐、和睦。

中 国 神 话 故 事

拓展阅读

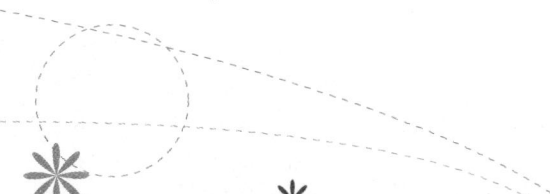

名师点拨

老婆婆为了完成这幅壮锦,花费三年时间,将灵魂织进了壮锦;小儿子为了追回母亲的壮锦,历经磨难,将生死置之度外。他们的勤劳勇敢、永不放弃,终于换来了幸福美满的生活。

阅读思考

1. 阅读故事,思考并回答下面的问题。

(1)仙女为什么要拿走老婆婆的壮锦?

_____

(2)老婆婆的小儿子是怎么拿回壮锦的?

_____

2. 你了解我国的民族吗?壮族有什么习俗呢?试着查查资料,并在下面的横线上写一写。

_____

_____

_____

巫山神女

巫山风光独树一帜,十二峰是众多奇峰秀峦中的佼佼者,其中神女峰更是秀丽奇绝。神女峰宛如一个亭亭玉立的少女,而巫山神女的传说,又为其增添了浪漫色彩。

传说,天上的王母娘娘有许多女儿,每一个女儿都有独属于自己的美丽和个性,或温柔,或娇俏,或可爱,或善良。王母娘娘的第二十三个女儿瑶姬,就是一个至真至善的少女。

瑶姬非常美丽,在一众姐妹里,她明眸皓齿、婀娜多姿的样貌依然让人过目难忘。更令人惊叹的是,除了仙姿玉貌外,上天还将至真至纯的情感赠予了她。所以,王母娘娘对这个女儿格外疼爱。

瑶姬不仅善良,还很有好奇心。她早就对天庭的单调和清冷感到烦闷,并开始对人间有了兴趣。她经常独自来到南天门,拨开云雾向人间探视。一次,瑶姬因为一些事情前往东海,在回程的路上,偶然来到了巫山脚下。

咬文嚼字

明眸皓齿:明亮的眼睛,洁白的牙齿。形容女子的美貌。

巫山神女

咬文嚼字

衣衫褴褛：衣服破烂。

瑶姬在巫山遇到了大批的难民，男女老少每一个人都衣衫褴褛，面黄肌瘦，他们拖着伤病的身体，一直在逃难。心疼不已的瑶姬正打算问清原因，巫山上空忽然乌云遮日，电闪雷鸣，狂风大作。瑶姬仔细一看，原来是十二条龙在为非作歹。这些孽龙任意降下雷电，倾泻洪水，百姓的房屋农田、亲人朋友就在洪水中消失了，幸存下来的人也是朝不保夕。

瑶姬怜悯百姓，立刻腾云驾雾靠近孽龙，不断规劝它们。可这些孽龙看到瑶姬是个小姑娘，不仅不收手，反而一边出言侮辱瑶姬，一边降下更多的灾难，并以此为乐。

瑶姬看到人间在孽龙的玩乐中变成地狱，终于忍受不了了，她拔出头上的碧玉簪，使出神力朝十二条孽龙挥了一下，孽龙瞬间就死了，接着云开雾散，风雨止歇。

十二条孽龙虽然死了，身体却化作了十二座高大险峻的高山。高山一下就挡住了东流的江水，江水汇聚成了一片汪洋，淹没了土地，百姓的生活依然苦不堪言。瑶姬面对高涨的江水不忍离去，就留在了人间。神女瑶姬留在人间，为行船指点航路，为百姓驱除虎豹，为人间耕云播雨，做了许多好事。后来大禹治水来到这里，瑶姬感动于大禹治水的精神，就将一本治水宝书赠予了他。大禹在宝书和百姓的帮助下，历经艰险，终于让江水入海，巫山下的土地又可以重新居住耕种了。

王母娘娘听说瑶姬不仅私自帮助凡人，甚至还留在人间，非常生气，但她一想到瑶姬生活在艰苦的深山里，又心疼不已。于是，王母娘娘将瑶姬的二十二个姐姐叫来，让她们下凡将瑶姬接回来。二十二位仙女到巫山找到小妹瑶姬后，又是心疼又

读书笔记

是难过,想赶紧接她回去,但瑶姬坚决地拒绝了。

　　姐姐们埋怨她,放着锦衣玉食的天宫不回,非要待在这种穷乡僻壤受苦。瑶姬却说:"我虽然也很思念母亲和各位姐姐,但人间的百姓更需要我。他们刚刚受尽万般苦难,能帮助他们走出困境,过上好生活,我觉得比在天庭里更幸福。我不忍心,也不能离开他们。"

　　接着,瑶姬以泥沙变利剑,射死了追逐人类的虎豹;将青丝变灵芝,救助濒(bīn)临死亡的病人;吹气为风,帮纤夫拉船出航;落泪降雨,让干旱的禾苗焕发生机。瑶姬的举动全都被姐姐们看在眼里,她们从一开始的不解到最后全都都支持她的行为,并且纷纷要求和瑶姬一起留在人间,造福百姓。后来经过商讨,十一位仙女返回天庭陪伴母亲,另外十一位仙女和瑶姬留在人间,帮助百姓。留在人间的这十二位仙女,后来幻化成了"巫山十二峰"。

　　巫山十二峰神态各异,灵气生动。其中有一座山峰紧挨长江,遥望蓝天,它就是瑶姬所化的"神女峰"。每到云雾缭绕的时候,隐隐约约间,你会看到一个秀丽翩然的身影,立于天地之间,那就是瑶姬在眺望人间。

咬文嚼字

纤夫:以背纤拉船为生的人。

中国神话故事

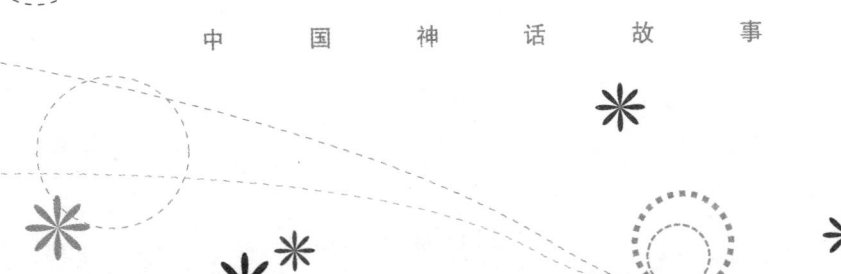

拓展阅读

神女瑶姬为了人间的百姓,放弃了天上舒适安逸的生活。关于她的美丽传说和后人为她留下的诗篇,萦绕在神女峰顶,与浩浩长江一起形成了一条文化的江河,绵延不息、代代相传。

阅读思考

1. 给下面的字换偏旁,并组词。

瑶　遥（遥远）　__（　　）　__（　　）

绕　__（　　）　__（　　）　__（　　）

神　__（　　）　__（　　）　__（　　）

2. 汉语中有许多词语的偏旁是一样的,比如文中的"婀娜"。你还能找出一些这样的例子吗?

缭绕　_____　_____　_____

3. 读了神女瑶姬的故事,你受到了什么启发?

_____

_____

泰山石敢当

在民间习俗中,凡是住家的大门对着桥梁、巷口或道路要冲,就要在墙外立一个小石碑,上面刻上"泰山石敢当"五个字,用来辟邪。关于这个习俗,还有一个有趣的传说。

传说,很久以前泰山上住着一位善良勇敢的年轻人,名叫石敢当。他有一身的好武功,经常锄强扶弱,帮助他人。所以附近的百姓都对他交口称赞,一有什么非常难办的事,大家都会想到石敢当。

咬文嚼字
交口称赞:众口同声地称赞。

当时,泰山附近有一个镇子,镇子里住着一对儿老夫妻,他们有一个漂亮孝顺的女儿,一家人过得和和美美。然而谁也没想到,不幸的事很快就降临在了他们的头上。

也不知道从什么时候开始,每到夕阳西下后,东南方总会刮来一股奇异的风。那股风每一次都会刮到老夫妻女儿的房间里。日复一日累积下来,原本漂亮伶俐的姑娘,变得颜色枯槁,萎靡不振,最后竟然一病不起,到了奄奄一息的地

步。老夫妻为了医好女儿，找了许多大夫，吃了许多药，但都不见起色，面对女儿的病他们已经束手无策了。

这时，村子里有人让老夫妻去找石敢当。石敢当不仅勇敢还很有本事，应该能有所帮助。老夫妻立刻上山找到石敢当，声泪俱下地请他帮助自己的女儿。石敢当听完后，马上就答应他们下山来帮这个忙。

咬文嚼字

声泪俱下：边诉说，边哭泣，形容极其悲恸。

石敢当来到老夫妻的家中后，马上命人找来十二个童男、十二个童女，接着让人准备好十二面锣、十二个鼓、一盆香油、一口大锅、一些棉花，以及一把凳子。等人和东西都准备好后，石敢当就让十二个童男一人拿一个鼓，十二个童女一人拿一面锣，随后让人将棉花搓成灯芯的模样，但比灯芯要粗大一些。工作全都做好后，石敢当就让童男童女躲藏起来，自己则在老夫妻女儿的屋里静静地等待黄昏降临。

太阳西斜，大地逐渐被黑暗笼罩后，石敢当命人熄灭所有的灯，然后将棉花灯芯放在香油中点燃，仿若一盏大油灯，接着他用大锅将香油盆一盖，自己则坐在一旁的凳子上，用脚将大锅轻轻挑起，这样既亮着灯，远处的人还看不见。

过了一会儿，果然有一阵奇异的风自东南方缓缓吹来，并且直奔老夫妻的家中。石敢当屏住呼吸，死死盯着这阵风。等妖风刚进到屋里，他一下就将大锅踢到一边，让油灯照亮整个屋子，紧接着童男童女全都冲了出来，围在妖风周围，不断敲打着手中的锣和鼓。妖怪顿时就被刺眼的光芒和喧闹的锣鼓声吓得惊慌失措，转身跑出了屋子，逃向南方。

妖风一路跑到福建，在那里又继续残害当地的姑娘们。石敢当便被福建的百姓请去驱妖。妖风再次被赶走后，又逃

读书笔记

到东北,并再次故技重施,石敢当就又被东北的百姓请过去打退妖怪。

石敢当左思右想,觉得不管把这股妖风赶走多少次,他都会跑到其他的地方伤害人,自己又怎么可能每一个地方都来得及去呢,必须有一个万全之策才行。这时,石敢当突然想到泰山上有许多石头,如果把自己的名字刻在上面,再让每家每户立在门外,妖风看到后,一定以为自己还在,就不敢跑到百姓的家里了。说干就干,他立即将这个方法告诉了百姓,人们依照他的话做后,果然再没出现妖风害人的事。随后,这件事就越传越远,知道的人也越来越多,家家户户都知道石敢当可以降妖,所以纷纷将刻有石敢当名字的泰山石立在家里,从此以后,果真家宅平安。

就这样,一代又一代的人将这个习俗传承了下来,至今许多人家的家中依旧会立着一块小石碑,上面刻着石敢当的字样。因为,人们始终相信泰山石敢当能驱逐污秽,镇宅辟邪。

名师指津

泰山石敢当是远古人类对灵石崇拜的遗俗。

中国神话故事

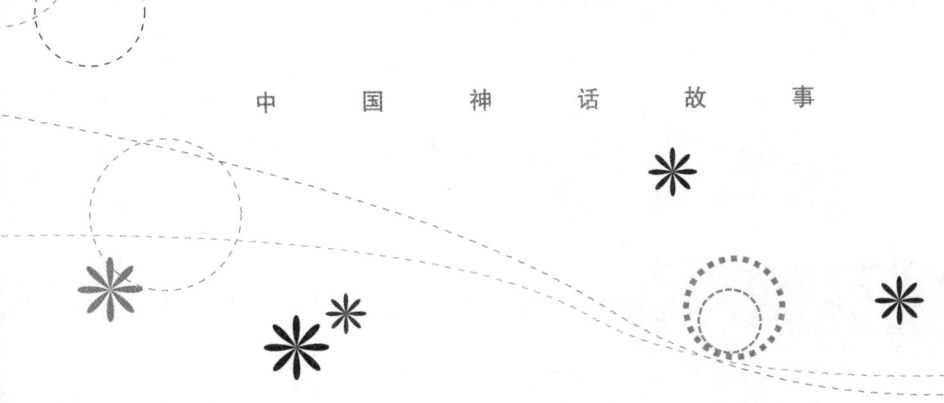

拓展阅读

名师点拨

灵石崇拜是一种十分古老的习俗,早在史前社会就已经形成,它反映了人们对自然灾害的畏惧和无力。而石敢当的传说也体现了人们对于战胜灾害的美好期盼。

阅读思考

1. 汉字中有很多石字旁的字,你能写出一些并组词吗?

砖(砖头)　　__(　　)　　__(　　)　　__(　　)

__(　　)　　__(　　)　　__(　　)　　__(　　)

2. 试着写一写带"石"字的成语。

3. 石敢当是怎么赶走妖怪的?用自己的话说一说吧。

必考点自测

一、填空题

1. 中国上古神话中的三皇是指_____、_____、_____，五帝是指_____、_____、_____、_____、_____。

2. 传说中的八仙指的是_____、_____、_____、_____、_____、_____、_____、_____。

3. 在少昊建立的百鸟国中，负责教育的是_____，统领军队的是_____，管理建筑的是_____，执行法律的是_____，负责言论的是_____。

4. 我国的十二生肖分别是_____、_____、_____、_____、_____、_____、_____、_____、_____、_____、_____、_____。

二、选择题

1. 下列选项中，（　）不是帝喾的儿子。

A. 后稷　　B. 契　　C. 尧　　D. 舜

2. 尧为了教导儿子丹朱发明了（　）。

A. 围棋　　B. 象棋　　C. 跳棋　　D 军棋

3. 沉香的舅舅是（　）。

A．托塔天王　　B．二郎神　　C．太白金星　　D．太上老君

4. 以下四件事中，（　）不是象谋害舜时做的。

A. 点燃谷仓　　B．用泥土填满井

C. 在背后射箭偷袭　　D．灌醉舜

三、判断题

1. 神农就是神话中的炎帝。（　）

2. 天帝有两个妻子，其中常羲生了十个太阳儿子，羲和则生了十二个月亮女儿。（　）

3. 皋陶手下有一只神羊，可以巧辨忠奸，遇到行为不端的人就用两只角顶他。（　）

4.《一幅壮锦》是壮族的民间故事。（　）

四、简答题

1. 我国的上古神话时期从什么时候开始，到什么时候结束？

2. 为什么说尧是一代贤君？你能列举一些他的事迹吗？

3. 我国神话中造人的女娲是一个女神，你觉得这反映了远古时期的什么社会现象？说说你的理解。

4. 书中很多故事都是来自各个名山大川的地方传说，比如泰山、华山、黄山、虎跑泉、镜泊湖等。你还知道哪些地方的传说吗？可以搜集一些来读一读。

答案

一、填空题

1. 燧人氏 伏羲 神农 黄帝 颛顼 帝喾 尧 舜
2. 汉钟离 张果老 韩湘子 铁拐李 吕洞宾 何仙姑 蓝采和 曹国舅
3. 鹁鸪 鸷鸟 布谷 雄鹰 斑鸠
4. 鼠 牛 虎 兔 龙 蛇 马 羊 猴 鸡 狗 猪

二、选择题

1. D
2. A
3. B
4. C

三、判断题

1. √。
2. ×，羲和生的是十个太阳，常羲生的是十二个月亮。
3. ×，神羊遇到行为不端的人就用独角顶他。
4. √。

四、简答题

1. 从盘古开天辟地开始，到大禹治水结束。
2. 由于尧善于听取百姓意见，对民众的管理非常切合实际，百姓的生活也越来越好，国家实力蒸蒸日上，所以说他是一代贤君。尧设置了"欲谏之鼓"和"诽谤之木"，好让自己能及时听到百姓的心声。
3. 女娲造人的神话反映了远古时期曾出现过一段母系氏族社会。
4. 略。

小学生快乐读书吧
新统编语文配套名著

◎ 已出版

红楼梦
三国演义
水浒传
西游记
福尔摩斯探案选集
格列佛游记
木偶奇遇记
汤姆·索亚历险记
鲁滨孙漂流记
爱丽丝漫游奇境记
细菌世界历险记
吹牛大王历险记
欧也妮·葛朗台
捣蛋鬼日记
八十天环游地球
阿凡提的故事
宝葫芦的秘密
安徒生童话
大林和小林
格林童话
伊索寓言
中国古代寓言故事
小王子
一千零一夜
中外民间故事
朝花夕拾·呐喊
从百草园到三味书屋
繁星·春水
故乡
小桔灯
子夜
青鸟
中华成语故事
白话聊斋

简·爱
昆虫记
列那狐的故事
绿山墙的安妮
秘密花园
小鹿斑比
柳林风声
呼啸山庄
绿野仙踪
小海蒂
羊脂球
王子与贫儿
傲慢与偏见
雾都孤儿
爱的教育
百万英镑
安妮日记
巴黎圣母院
茶花女
海底两万里
名人名言
孙子兵法
小飞侠彼得·潘
学生百事问

◎ 出版中

基督山伯爵（上、下）
飘（上、下）
大卫·科波菲尔（上、下）
钢铁是怎样炼成的（上、下）
悲惨世界（上、下）
安娜·卡列尼娜（上、下）
莎士比亚悲剧集（上、下）
莎士比亚喜剧集
红与黑
名人传

小学生快乐读书吧
新统编语文配套名著

- 复活
- 格兰特船长的儿女
- 高老头
- 双城记
- 三个火枪手
- 培根随笔
- 假如给我三天光明
- 童年
- 我的大学
- 母亲
- 父与子
- 老人与海
- 居里夫人
- 汤姆叔叔的小屋
- 海狼
- 罗密欧与朱丽叶
- 契诃夫短篇小说
- 欧·亨利短篇小说
- 莫泊桑短篇小说
- 地心游记
- 好兵帅克
- 希腊神话
- 水孩子
- 尼尔斯骑鹅旅行记
- 丛林故事
- 长腿叔叔
- 小熊维尼
- 王尔德童话
- 西厢记
- 儒林外史
- 三言二拍
- 东周列国志
- 封神演义
- 三字经
- 百家姓

- 弟子规
- 论语译注
- 孟子译注
- 庄子译注
- 三十六计
- 道德经
- 孝经
- 诗经
- 唐诗三百首（1、2）
- 宋词三百首（1、2）
- 小学生必背古诗词70+80（1、2）
- 人间词话
- 史记
- 资治通鉴
- 古文观止
- 聊斋志异
- 世说新语
- 朱自清散文选
- 彷徨
- 野草
- 鲁迅杂文精选
- 呼兰河传
- 寄小读者
- 中国民间故事
- 中国神话故事
- 科学家的故事
- 小故事大道理
- 十万个为什么
- 学生百科全书
- 学生百事通
- 谚语大全
- 歇后语大全
- 中外名著导读（初中版）
- 中华上下五千年故事
- 世界上下五千年故事